검신의
계승자
VIII
카가미 유 지음
미케오 일러스트
박시우 옮김

이슈트가 끼기긱 망가진 로봇 같은 움직임으로 뒤돌아본다.
몸을 비튼 탓에 봉긋한 가슴까지 보였다.
역시 이슈트의 가슴은 작지만 그래도 곡선을 띤 예쁜 형태였다.

"뭐, 뭐뭐뭐……."

투명해 보이는 신비한 색깔의 머리카락은 젖어 있었고,
나체에는 하얀 가운 한 장만 걸치고 있었다.
흰 가운 앞이 벌어져서 자그마한 가슴의 곡선이 훤히 보였다.
게다가 그 아래는 더욱 아슬아슬하다——.

리제벨
"오, 오빠──앗!"

미츠키
"후후후—, 어떠세요?
이런 거 특기랍니다."

사쿠라이 히나코
“…………….”

검신의 계승자 VI

Contents

검신의 계승자

Ⅶ

카가미 유 지음 | 미케오 일러스트 | 박시우 옮김

커버 그림, 본문 일러스트 | **미케오**

프롤로그

넓고 새하얀 방이다.

면적은 열다섯 평 정도나 될까.

바닥에 깐 카펫과 벽지도 흰색이다.

벽 쪽에 놓은 책장과 침대 역시 당연히 하얗다.

문 두 개 중 하나는 방의 출입구, 다른 하나는 욕실과 화장실로 이어져 있다.

방 중앙 부근에 작은 테이블과 쿠션 몇 개가 놓여 있다. 그 물건들도 흰색이지만 조금이나마 생활감이 감도는 아이템이다.

그 테이블 곁에――.

소녀가 천장을 올려다보고 있었다.

천장에는 커다란 창문이 있어 푸른 하늘이 보인다.

벽에 창문이 없는 이 방에서는 그 천창만이 유일하게 바깥과 이어져 있다.

"오늘도 화창하네요……."

소녀는 불쑥 중얼거렸다.

길고 윤기 나는 흑발에 무릎까지 내려오는 새하얀 원피스.

청결감과 감출 수 없는 허무함이 감도는 모습이다.
"히나코 님——."
"……카나에."
소녀가 천천히 이쪽을 돌아본다.
열다섯 살이라는 나이보다도 조금 어려 보인다——그러나 대단히 반듯한 미모다.
날마다 보아도 조금도 익숙해지지 않는다.
"카나에, 저, 아침을 먹었던가요……?"
"……네. 틀림없이 드셨습니다."
입을 열면 덧없는 미모가 망가지는 것은 부인할 수 없다.
하지만 소녀의 그런 점도 카나에에게는 사랑스러웠다.
"배가 고프세요? 아직 점심 전이지만 원하시면 뭐라도 준비를——."
"아뇨, 먹었으면 됐어요."
히나코는 대답하고 다시 천장을 올려다보았다.
사쿠라이 히나코——태양교 도사의 딸이다.
히나코는 태어났을 때부터 열다섯 살이 된 지금까지 줄곧 이 방에서 지냈다고 한다.
카나에는 삼 년 전에 시중을 들게 되었다. 그 이전에도 이후에도 히나코는 한 걸음도 이 방 밖을 나가지 않았다.
히나코는 친부모의 손으로 연금당했다. 그 이유를 카나에는 알지 못한다.
교주의 딸을 시중드는 중대한 임무로 발탁되었다고는

하지만 카나에는 그저 일개 신도인 탓이다.

카나에 말고도 시중드는 이는 여러 명 있지만 사정은 아무도 모르는 눈치다.

시중드는 이는 모두 젊은 여성으로 몇 년의 임기를 마치면 교단의 중추로 들어갈 수 있다고 하지만 카나에에게는 아직 먼 이야기다.

"히나코 님, 오늘도 바깥을 보시는군요."

"달리 볼 것도 없어요. 요새는 줄곧 화창해서 질렸어요. 가끔은 구름 낀 하늘도 좋아요. 아, 그런데 저 구름은 어떻게 보면 원숭이처럼 보이네요."

"……조금 더 낭만적인 게 보이면 좋겠네요."

히나코의 눈에 비친 세계는 평범한 인간의 세계와는 다른 듯하다.

"히나코 님, 괜찮으시면 책이라도 가져올까요?"

카나에가 히나코에게 물었다.

이 방에 있는 책은 태양교의 교전과 역사 관계 책뿐이다.

교단 간부는 외부 물건을 가지고 오는 것을 금지했지만 카나에는 가끔 풍경 위주의 사진집 같은 것을 히나코에게 보여주었다.

너무나도――가여웠기 때문이다.

이 나이가 되도록 말 그대로 한 걸음도 바깥으로 나가는 걸 허락받지 못한 소녀가.

카나에는 자신이 행복하다고 생각한 적은 없었다.

부모와의 인연이 없고, 따르던 오빠는 자위군에 입대해 몇 년 전에 한 팔을 잃고 어떤 경위인지 태양교에 들어갔다.

아무래도 오빠는 교단의 경비대장 같은 짓을 하는 것 같다.

카나에는 그 오빠를 쫓듯이 입교했다. 오빠의 위치 때문인지 교단 안에서도 금방 신용을 얻었다.

그리고 히나코의 시중을 들게 되었지만——.

갇힌 소녀는 행복하다거나 불행하다는 생각조차 하지 않았다.

카나에는 그런 히나코의 시중을 드는 사이에 자신의 행복보다도 히나코만을 걱정하게 되었다.

"고마워요, 카나에. 하지만 책은 이제…… 됐어요."

히나코는 카나에에게 살짝 미소 짓고는 고개를 가로저었다.

"하오나 히나코 님. 이 하얀 방은 너무 쓸쓸해요……."

"저는 다른 방을 모릅니다."

히나코는 그렇게 말하고 다시 천장을 올려다보았다.

그녀는 본심을 거의 입에 담지 않는다.

하지만 카나에는 안다. 시중을 드는 다른 사람들도 알고 있다.

히나코는 바깥에 나가고 싶다는 말 따위 절대로 하지 않는다.

그 말을 하면 시중드는 사람들이 곤란할 것을 알고 있기 때문이리라.
이런 환경에서 자랐지만——그래도 히나코는 상냥한 성격으로 컸다.
상냥한 이 소녀가 카나에는 말도 안 되게 사랑스러웠다.
마치 자신의 여동생 같았다. 딸 같았다.
"슬슬 겨울이라는 것이 끝날 무렵일까요……."
히나코는 또 중얼거렸다.
히나코는 사계절이란 것조차 알지 못한다.
어쩜…… 어쩜 이리도 가여울까.
딱 한 가지, 카나에는 히나코에 대해 알고 있다.
시중드는 역할을 인계받을 때 들었다.
사쿠라이 하나코는 태양의 소녀라 불리는 특수한 존재로——.
인류의 희망이라고.
그렇기에 바깥으로 내보낼 수 없는지도 모르지만……그게 다 무슨 소용인가 싶다.
카나에는 삼 년 만에 시중을 드는 다른 이들과 결속을 굳히고 오빠의 부하이기도 한 이 시설 경비 담당자들과도 친해졌다.
지금이라면 가능할지도 모른다.
히나코가 절대로 입 밖으로 꺼내지 않는, 그녀의 진실된 바람을 이루는 것이——.
"……이건 대단한 선물이로군."

미키하라 죠이치로――죠는 손에 든 태양교 교전을 탁 두드렸다.

죠는 태양교 신도이지만 거의 읽은 적이 없다.

"허가는 받았으니 당신의 독방으로 가져가도 OK예요."

테이블을 끼고, 정면에는 정장 차림 젊은 여성이 앉아 있다. 그녀는 죠를 향해 생긋 웃었다.

이곳은 홋카이도 북단에 있는 교도소 면회실이다.

죠는 쿠로와 라슈라는 검성 효카의 제자 두 사람과 싸워 왼팔을 **다시** 절단당해 태양교 신도들이 저지른 죄를 혼자 뒤집어쓰고 교도소에 수감됐다.

하기야 한 팔을 잃은 탓에 한동안 입원해 있었기 때문에 입소는 며칠 전에야 했다.

"변호사님, 고마워."

죠는 눈앞의 여자를 흘끔 보았다.

소디가 만든 이 교도소에서는 면회실이 강화유리로 구분되어 있지 않고 직접 면회인과 얼굴을 마주할 수 있다.

교도소는 경계가 엄중하지만, 내부에서는 수형자가 비교적 자유롭다. 인간을 우습게 보는 건지 인권을 존중하는 건지는 불명확하다.

"아무리 느슨하다고 해도 이런 곳이 허점투성이라니."

죠는 교전에 낀 사진 한 장에 손가락을 얹었다.

죠의 하나뿐인 여동생인 카나에를 찍은 사진이었다.

태양의 소녀, 사쿠라이 히나코의 시중을 들던 여동생은――.

몇 달 전, 태양의 소녀를 연금 장소에서 빼내 교단에 처형당했다.

바보 같은 동생이다.

하지만 동시에——상냥하고 용감한 동생이 자랑스럽기도 했다.

"뭐, 고맙게 받아두지."

죠는 사진을 응시하며 미소 지었다.

교전은 둘째 치고 사진 종류는 기본적으로 반입 금지일 테지만 교도관이 눈감아준 건지 뇌물이라도 쥐여 준 건지.

"그런데 당신, 변호사가 아니지?"

죠는 여자를 힐끗 노려보면서 물었다.

"나는 당신을 돕는 사람이에요."

여자는 죠의 시선에도 꿈쩍하지 않았다.

그녀는 아직 이십 대 초반처럼 젊었다.

머리카락을 두 개로 말아 올리고, 이목구비가 지나치게 뚜렷하다.

아마도 죠가 행동을 함께한 스노우화이트와 동류——사이보그일 것이다.

다시 말해 태양교와도 연관된 군사 기업, 다이너스트의 수하겠지.

"면회 시간이 한정되어 있으니 빠르게 말하죠. 당신을 이곳에서 빼내드리겠다는 이야기입니다. 물론 합법적으로."

"정확하게는 당신의 상사가——빼주는 거겠지?"

다이너스트는 각국 정부와도 강한 연결고리를 가진 기업이다.

그럴 마음을 먹으면 죠를 교도소에서 빼내는 일 따위 크게 어렵지 않을 것이다.

"단, 이곳에서 내보내주기만 하는 건 아닙니다. 물론――이야기가 조금 더 있습니다."

"그렇겠지."

다이너스트도 죠가 탐탁지 않아 할 가능성은 염두에 두었겠지.

어쨌든 죠는 스스로 죄를 뒤집어쓰고 교도소에 들어갔으니까.

이 미인이 어떤 거래를 꺼낼까. 죠는 살짝 기대했다.

이런 일에 기대를 하다니――죠는 자신이 지루하다는 사실을 깨달았다.

1장 송곳니의 길

나가노 현, 제2소디아.

또는 검선중의 마을이라 불리는 작은 마을이 있다.

검선중이란 검으로 사는 종족 소디아 중에서도 최강의 검사인 '칠검', 특히 뛰어난 '검희'를 은퇴한 자들로 구성된 조직이다.

계승자 없이 현역 칠검이 죽을 경우, 검선중이 새로운 칠검을 지명한다.

그리고 소디 중에서도 몇만 명에 한 명만이 지닌 '검희' 칭호를 주는 것도 검선중의 일이다.

그밖에도 몇 가지 권한이 있지만 기본적으로는 은퇴한 자들이기 때문에 생각보다 태평한 것 같다.

검선중의 마을은 산과 숲과 강, 밭밖에 없을 듯한 한적한 시골이다.

칠검은 젊을 때 은퇴하는 사람도 많아서 노인들만 있는 것도 아니다.

그래도 쥐 죽은 듯이 고요한 이유는 은퇴한 검사들은 모두 평온한 생활을 원하기 때문이다.

대부분의 소디들처럼 오로지 검의 기술을 연마하는데 필사적인 것도 아니다.

"핫……! 홋……!"

하지만 그 검선중의 마을에서 검을 휘두르는 자가 있었다.

마을에서도 유달리 커다란 저택의 안뜰이다.

식물을 좋아하는 소디답게 나무와 꽃이 가득한 정원에 검을 휘두르는 경쾌한 소리가 울려 퍼진다.

"쿠로우…… 덥지 않나요?"

마당에 면한 툇마루에 앉아 있는 사람은 사쿠라이 히나코다.

배꼽이 그대로 드러난 짧은 캐미솔에 펄럭거리는 미니스커트라는 시원한 차림이다.

안뜰에서 검을 휘두르는 쿠로도 티셔츠에 반바지라는 가벼운 차림이다.

하지만 벌써 몇백 번이나 검을 계속 휘둘렀기 때문에 땀에 흠뻑 젖은 모습이다.

"그야— 덥지만. 너는 아주 느긋하구나."

히나코는 놀라울 만큼 커다란 잔에 파인애플 주스를 가득 따라 빨대로 꿀꺽꿀꺽 마셨다.

"이런 상황에서 한잔 걸치지 않을 수 없죠."

"주스잖아. 뭐…… 심정은 이해한다만."

쿠로가 검을 휘두르던 손을 멈추고 대답하자 히나코는 고개를 끄덕였다.

히나코 곁에는 휴대전화 두 대가 놓여 있다.

히나코는 그중 한 대, 폴더폰을 꺼내 손으로 탁 두드렸다.

"애써 각오하고 전화했는데…… 김빠지는 일이에요."

히나코는 조금 전 태어나서 한 번도——적어도 그녀가 철이 든 뒤로는 한 번도 만난 적 없는 부모에게 전화를 걸었던 참이다.

하지만 태양교의 교주인 부모와 연락을 할 수 있다고 태양교의 메신저로 받은 전화는 부모와 연락되지 않았다.

"교주의 측근이라고 했어요. 젊은 여자 목소리였는데."

"미인이려나. 거기다 거유라면 불만 없는데."

"쿠로우의 욕망은 끝이 없군요. 그나저나 그 미인일지도 모를 사람이 한 이야기는 완전 대실망이에요."

"……너, 정말로 말투가 거침없어졌구나."

원래 히나코는 좀 이상한 말투였지만 쿠로의 거친 말씨 영향 탓에 더욱 이상해졌다.

그건 그렇고 미인일지도 모를 측근의 주장은——.

교주와 히나코가 전화로 직접 이야기하는 건 많은 문제가 있다고 한다.

만나서 이야기하는 건 더욱 많은 문제가 있으며, 준비도 필요하므로 일주일 정도 시간이 걸린다.

장소는 나중에 다시 지정하겠다.

그리고 히나코에게는 딱 한 명만 동행을 허가한다.

동행자의 무장은 인정하지만 만나는 장소에서 무기를 소지하는 건 금지한다.

——이상이다.

"세상물정 모르는 저도, 저쪽이 자신들에게 아주 유리한 조건을 내밀었다는 건 알아요……. 어쩌면 좋죠?"

히나코는 휴대전화를 빤히 바라보며 물었다.

"어쩌라고…… 해도 말이지. 만나기로 한 거지? 가는 수밖에 없잖아?"

그렇지만 친딸을 15년이나 가둔 부모다.

감동의 재회가 기다리고 있다는 건 지나치게 경솔한 생각이다.

"그렇……죠."

히나코는 또 다른 스마트폰을 꺼냈다.

이 스마트폰은 쿠로가 준 히나코 개인 전화다.

"대망의 투폰이죠. 봄까지는 휴대전화는커녕 고정 전화도 쓴 적 없었는데 대단한 진보예요."

"성장한 모습을 부모에게 보여주는 거야. 내가 따라갈 테니까 걱정하지 마."

쿠로의 말에 히나코가 다시 고개를 끄덕였다.

히나코도 쿠로가 동행하는 데에 불만은 없는 모양이다.

처음부터 그럴 작정으로 의문조차 가지지 않은 듯하다.

"다만 말이지……."

쿠로는 일본도를 김집에 쓱 집어넣었다.

툇마루에 앉아 아직 남아 있던 히나코의 파인애플주스를 꿀꺽꿀꺽 다 마신다.

"후우—……. 히나코의 말이 맞아. 태양교 쪽에 너무 유리해. 장소는 저쪽이 지정하니까. 일주일이라면 덫을 잔뜩 설치하는 것도 가능하지."

"이럴 때 쿠로의 독종 같은 두뇌가 무척 믿음직해요."

"이 정도는 평범한 발상이지. 무기 소지 OK라는 것도 겉이 반지르르해서 도리어 수상해. 태양교는 다이너스트와도 접점이 있었지. 안내받아 들어간 방에서 느닷없이 문이 닫히고 독가스가 분출된다면 도망칠 길이 없어."

검으로 타개할 수 없는 덫은 쿠로에게도 위협이다.

"다이너스트에는 사이보그, '에이징'의 팔인지 세포인지를 이식한 깜짝 놀랄 인간, 파워드 슈트, 그리고 무시무시한 병기가 가득해. 더 멋진 병기가 등장할지도 모르지."

"저희도 준비가 필요……하다는 말씀이신가요."

"그렇게 되지."

그렇지만 쿠로와 태양교는 조건이 다르다.

자금도 연줄도 없는 쿠로다. 일주일 만에 할 수 있는 일 따위 뻔하다.

"그렇다면 마침 잘됐군."

툇마루 바로 뒤 미닫이문이 쓱 열렸다.

그곳에서 나온 사람은 하얀 머리카락을 뒤로 묶고 파란 사무에를 입은 여성이었다.

70년 전 대전에서 활약하고, 60년 동안 최강의 검성 자리에 있던 위대한 검사.

대검성 지른쉐드다.

겉모습은 30대지만 실제 나이는 아흔 살을 넘은 노인이다.

소디는 몸 안에 '광(光)'이라는 에너지를 담고 있고, 광이 강한 자일수록 노화도 늦다. 대검성이라 불릴 정도의 자라면 사기나 마찬가지인 젊음을 유지할 수 있는 것이다.

덧붙여 검성의 계승자인 쿠로는 그녀의 손제자이다.

"이슈트, 너도 이쪽으로 오거라. 이야기는 이쪽에서 하지."

대검성은 거드름을 부리듯이 말하고 툇마루에 털썩 앉았다.

"뭐야, 회장도 있었나."

"대검성이 부르셨어."

미닫이문 너머에서 들어온 녹색 머리를 길게 기른 소녀가 대답했다.

머리에 핀을 꽂고 낙낙한 니트에 슬림한 청바지를 입었다.

이슈트――쿠로가 다니는 검 학원의 3학년으로 학생회장이기도 한 검사다.

"먼저 이걸 봐."

대검성은 들고 있던 커다란 봉투를 열고 안에서 서류 몇 장을 꺼냈다.

쿠로와 쿠로 옆에 앉았던 이슈트가 서류를 들여다본다.

"할멈, 이게 뭐야? 송곳니의 길——이 뭔데?"
쿠로는 서류 한 장을 들고 고개를 갸웃했다.
딱딱한 형식의 서류라 읽기 힘들지만 요컨대 '송곳니의 길'이란 곳에 들어가는 허가를 내린다는 내용인 듯하다.
"나 참, 요즘 젊은 것은 아는 게 없구나."
대검성이 어이없다는 듯이 말하고 설명했다.
송곳니의 길이란 소디들의 고향, 이세계 소디아에 있던 훈련 시설의 일종인 듯하다.
전후 이 검선중의 마을에 새로 만들었다고 한다.
들어가도 되는 사람은 검희 자격이 있으며 검선중의 허가를 얻은 자뿐이다.
어떤 시설인지 사전에 알 수는 없다.
단, 송곳니의 길을 빠져나올 수 있다면 3년 치 훈련에 필적하는 모양이다.
"그렇지만 송곳니의 길에서 살아 돌아올 확률은 1할 정도이려나."
"확률이 바닥이잖아, 이봐!"
쿠로는 대검성의 태연한 말에 반박했다.
살아 돌아올 확률이 1할이라니, 자살 행위나 다름없다.
"뭐야, 혹시 회장은 알고 있었어? 요새 뭔가 고민하는 것 같던데 들어갈지 말지 고민했던 거야?"
"……음, 그렇지."
잠깐 뜸을 들이고 이슈트가 수긍했다.

어째 수상했지만 쿠로는 따지지 않기로 했다.

그것 말고도 마음에 걸리는 부분이 너무 많다.

“어처구니가 없군. 회장이 고민하는 것도 당연해.”

“왜 남 얘기하듯이 말하지, 꼬맹이. 너도 들어갈 게야.”

대검성이 쿠로를 힐끗 노려본다.

“뭐? 하지만 나는 검희가 아니잖아.”

쿠로는 검성의 계승자 후보이기는 해도 검희 자격은 없다.

“그거라면 문제없다. 검선중 회의에서 송곳니의 길 입문 허가와 함께 꼬맹이의 검희 수여 허가도 받아두었다.”

“몇만 명 중 한 사람밖에 따지 못할 자격을 아무렇지 않게…….”

“나도 자격을 받는 데 꽤나 고생했지…….”

쿠로가 신음하고 이미 검희 자격이 있는 이슈트도 불쾌한 표정을 짓는다.

“라슈와의 전투를 보았다. 그 실력이라면 검희 자격을 주어도 아무런 문제없어. 하는 김에 라슈에게도 검희 자격을 주었지.”

라슈는 쿠로의 동문이나 마찬가지로, 검성의 계승자 후보다.

바로 어제 쿠로와 라슈는 목숨을 걸고 진검 승부를 겨루었다.

원래 그 승부는 대검성이 손제자의 힘을 확인하기 위한 한 모의전이며 쿠로와 라슈가 흥분해서 목숨을 걸어버렸을 뿐이지만.

"아니, 잠깐만 기다려봐."

쿠로는 오른손을 펼치며 대검성을 제지했다.

검희 자격을 받는 것 자체는 좋다.

자만심을 빼더라도 쿠로와 라슈가 검희 자격에 상당하는 실력을 지녔음은 분명하다.

"내가 송곳니의 길이란 데에 들어가는 것도 확정이야?"

"너는 확실히 강하지만 힘이 안정되어 있지가 않아. 사검사와 간신히 겨룬 모양이다만 다시 한번 그때처럼 싸울 수 있겠나?"

"…………."

쿠로는 입을 다물고 말았다.

여름방학 전, 쿠로는 소디 안에서도 전투적인 부족 '블레이즈'의 최강 검사인 사검사와 싸웠다.

그 사검사 스이사라는 쿠로의 사범인 검성 효카에 필적하는 실력의 소유자로, 간신히 맞서기는 했지만 이긴 것은 아니다.

힘의 차이는 명백하고 자칫하면 한 방에 죽었어도 이상하지 않았다.

"하지만 할멈. 가능하다면 나는 할멈에게 가르침을 받고 싶어."

"나는 이제 제자는 받지 않는다. 은퇴했으니까. 그리고 귀찮아."

"마지막에 진심을 덧붙였군……."

쿠로는 어깨가 축 늘어졌다.

그러나 확실히 은퇴한 상대에게 억지로 가르침을 청하는 것도 내키지 않는다.

"그렇게 되었다. 녹색 머리 여자애랑 같이 다녀와."

"잠깐만요, 대검성. 소년도 함께 가는 겁니까? 각자가 아니라요?"

이슈트는 조금 당황해서 물었다.

"상관없다. 둘이서 들어간다고 난이도가 내려가는 게 아니야. 오히려――뭐 됐어."

"되지 않았어! 그런 부분은 설명을!"

쿠로가 외쳤다. 목숨을 걸었는데 너무 애매하면 곤란하다.

"송곳니의 길은 빈틈없이 정교하게 만들었어. 사람 숫자가 늘어나면 그에 대응한 시련이 발동하지. 애초에 동행자까지 신경 쓸 필요가 있는 것만으로도 힘들겠지?"

"……그렇지."

쿠로도 이슈트도 만약 동행자가 위기에 빠지면 자신이 어떤 상황이든 구하러 들어가 버릴 것이다.

"저기―, 그건 괜찮은데요. 저랑 같이 가는 건 일주일 뒤예요……."

"같이 간다고?"

이슈트가 고개를 갸웃한다.

쿠로가 히나코를 대신해 짧게 설명했다.

"태양교 교주인가. 나도 지나칠 수 없는 이야기로군."

이슈트의 눈빛이 매서워졌다.

이슈트와 쿠로, 그리고 라슈 세 사람은 원로원회원인 실피 직속 조사팀 '세이버즈'로서 태양교 교주를 쫓은 적이 있다.

지금은 임무가 일시 중단되었지만 태양교는 테러를 저지르는 위험한 존재다.

게다가 여러 가지 신비한 능력을 지닌 히나코의 비밀을 교주가 알고 있을 가능성이 큰 이상, 접촉할 기회는 놓칠 수 없다.

"그래서 내가 따라갈 건데 송곳니의 길은 일주일 안에 빠져나올 수 있는 건가?"

"최단으로 빠져나온 사람은 하루도 걸리지 않았지."

"아, 그런 건가."

"단, 그 녀석은 효카다."

"……그럼 참고가 안 되잖아."

쿠로는 고개를 작게 저었다.

검성 효카는 기준으로 삼기에 가장 부적합한 인물이다.

"내 바보 제자는 그렇다 치고 빠른 자는 일주일이 걸리지 않았어. 면회 장소가 어디가 될지에 달렸지만 하루 전에는 돌아와야겠지. 아슬아슬하겠군."

"……그런가. 그러면 가능하려나."

쿠로는 중얼거렸다.

"스승의 최고 기록은 경신하지 못하겠지만, 그렇지…….
닷새 만에 빠져나오겠어."

"……상당히 무모한 짓이 되겠군."

대검성이 날카로운 시선으로 바라본다.

그녀는 송곳니의 길이 얼마나 혹독한지 잘 알 것이다.

하지만 그 정도도 못한다면――앞으로의 전투는 헤쳐
나갈 수 없다.

태양교, 블레이즈, 다이너스트. 그들에게 대항하려면 쿠
로에게도 커다란 성장이 필요하다.

"흠, 후배가 그렇게 말했다면 나도 물러설 수 없지."

이슈트가 쿠로의 어깨를 툭 두드린다.

이슈트도 각오를 굳힌 모양이다.

"쿠로우……."

히나코가 불안하게 쳐다본다.

히나코로서는 송곳니의 길을 더욱 이해할 수 없을 테니
걱정하는 것도 당연하다.

쿠로는 잠자코 히나코의 눈을 마주 보고 고개를 한번 끄
덕였다.

어쩌면 대검성과 이슈트가 따라가는 편이 전력으로서는
안전할지도 모른다.

그래도 히나코는 쿠로가 동행하기를 바랐다.

그 기대에 부응해야 한다.

히나코가 동행을 바랄만한 상대는 또 한 사람 있지만,

그녀는 지금 이곳에 없다.

그렇다면 쿠로가 가는 수밖에 없다.

게다가 이후를 대비할 힘이 필요하다는 것도 사실이다.

송곳니의 길을 닷새 만에 빠져나와 히나코와 함께 태양교 교주를 찾아간다.

그것이 쿠로가 가야 할 유일할 길이다.

닷새 만에 빠져나오겠다고 큰소리쳤지만 시간이 없는 건 사실이다.

쿠로와 이슈트는 바로 준비를 마치고 송곳니의 길 문으로 갔다.

그곳은 대검성 저택에서 걸어서 겨우 십 분.

산어귀에 거대한 나무문이 있다.

대검성이 안내하고 히나코가 전송하러 따라왔다.

그리고 또 한 사람――.

"오—, 정말 큰 문이네."

쿠로 옆에 서 있는 메이드 차림 소녀가 감탄했다.

메이트복 소녀는 린네.

블레이지의 일원으로 그녀 또한 사검사다. 한때 쿠로와 전투한 적도 있지만, 지금은 그를 마음에 들어 하며 함께 행동하고 있다.

단, 위험한 존재이기 때문이 실피 의원이 **보험**을 들어놓았다.

린네가 목에 단 초커에는 폭약이 설치되어 있고 원격 조작으로 폭파 가능하다. 최강급 사검사라지만 목이 날아가면 살 수 없다.

"그렇군. 저택 바로 옆에 이런 커다란 문이 있다니—."

쿠로는 린네에게 대답했다.

대검성의 저택에 며칠 있었지만 문의 존재는 전혀 몰랐다.

"이게 송곳니의 길 입구인가……."

이슈트도 흥미롭다는 듯이 문을 바라보았다.

쿠로도 이슈트도 세이버즈 제복 차림이다. 튼튼하고 전투에 적합하다.

피서를 즐기려고 검선중 마을에 왔지만, 트러블에 휘말리기 쉬운 인물이 모여 있기 때문에 만약을 위해 가져왔다.

두 사람 다 웃옷까지 완벽하게 입었다. 오늘도 무더운 날씨였기에 상당히 더웠지만 쿠로도 이슈트도 더위로 검이 흔들릴 만큼 약하지 않다.

"꽤나 위험한 느낌이 드네. 이런 곳에 들어가면 쿠로야 죽을지도."

"솔직한 감상 고마워."

쿠로는 쓴웃음을 지으며 린네에게 대답했다.

"역시 나도 같이 갈까? 회장하고만 가면 걱정되지 않아?"

"잘도 본인 앞에서 말하는구나. 일단 내가 연상이야."

이슈트가 불쾌한 듯이 얼굴을 찌푸렸다.

"아아, 나는 나이 같은 거 별로 신경 안 쓰거든. 두 살 위든 일흔 살 위든 전혀!"

린네는 씩 웃고 기운차게 말했다.

대검성도 당연히 미묘한 표정을 지었다.

"이 블레이즈 계집애에게는 경의라는 말을 차근차근 가르치도록 하고……. 너희들 잊은 물건은 없니? 한번 들어가면 시련이 끝날 때까지 나올 수 없다."

"깜빡한 물건이 있어도 더는 들고 가기 힘들어."

쿠로는 커다란 배낭을 메고 있다. 이슈트도 마찬가지다.

내용물은 갈아입을 옷 몇 개 말고는 대부분 식량이다.

닷새 만에 돌파한다 해도 그만한 식량이면 장난 아닌 양이다. 물은 송곳니의 길 여기저기에 샘물이 있는 듯하다.

"정말로 무거워. 식량을 현지 조달할 수 있다면 좋겠는데……."

"버섯과 나무 열매 정도라면 있지. 하지만 멧돼지와 사슴은 기대할 수 없을 게야. 그런 짐승이 송곳니의 길에 잘못 들어갔다간 그 자리에서 죽지."

"……정말 어떤 곳인 거야."

야생동물을 간단히 보내버리다니 대체 무슨 덫이 있는 걸까.

"하는 수 없지. 회장, 슬슬 갈까."

"참 잠깐만 기다려. 주의 사항을 깜빡했군."

앞으로 나아가려다 대검성의 목소리에 쿠로는 넘어질

뻔했다.

"뭐야, 드디어 출발할 마음이 생겼는데. 그보다 들어가려는 찰나에 주의 사항이라니."

"생각난 게 다행이지. 딱히 어려운 일도 아니야. 주의할 점은 세 가지. 안에 들어가면 부수지 마, 죽이지 마."

"……그게 뭐야?"

쿠로는 어리둥절했다.

"안에 무엇이 있을지 모르지만 앞으로도 이용자가 있으니까 시설을 파괴하지 말라는 거겠지."

"역시 학생회장이라 눈치가 빠르군. 네 말이 맞다."

"그런데 대검성. 부수지 마, 죽이지 마, 이걸로 두 가지. 마지막 주의 사항은 뭡니까?"

"살아서 돌아와."

대검성은 진지한 얼굴로 그렇게만 말했다.

그래, 확실히 중요한 일이다.

"고마운 충고로군. 당연히 그렇게 할 거야."

쿠로는 허리에 찬 일본도 칼자루에 손을 툭 얹었다.

"그럼 귀신이 나올까 뱀이 나올까. 그 정도로 끝나면 기쁘겠는데."

쿠로는 농담을 던지며 송곳니의 길 문으로 손을 뻗었다.

문을 지나 한 걸음 디딘 순간 비처럼 창이 쏟아졌다.

"우웃."

"어이쿠."

쿠로는 몸을 살짝 트는 것으로 창을 피하고 이슈트는 재빨리 그 자리에서 뛰어올랐다.

두 사람이 있던 자리에 창 몇십 자루가 빼곡하게 꽂혔다.

"……흠. 두 사람이 있으면 2인분의 덫인가. 정말 두 사람이 있어도 문제는 없는 것 같군."

"환영 인사치고는 시시한데."

쿠로와 이슈트가 입을 모아 아무래도 괜찮다는 듯이 말했다.

이 정도는 쿠로도 이슈트도 예상했다.

"그러나…… 지금 건 그렇다 치고 이거 대단하군."

"정말이야……. 멍청하게 인사를 나누는 시간도 방심을 부르는 덫이란 생각이 들게 해."

아무래도 이슈트도 쿠로와 같은 생각을 한 것 같다.

송곳니의 길 문을 지난 곳은――분명히 말해서 지극히 평범한 산길이다.

짐승이 다니는 길에 가깝지만 그래도 확실히 사람의 손을 탄 길이며, 수목들이 무성한 것 치고는 주위도 밝았다.

간단한 하이킹마저 즐길 수 있을 것 같다.

하지만――그건 겉모습일 뿐이다.

"찌르르 오는군. 이 산 자체가 살기를 방출하는 것 같아."

"역시 검선중이 공들여 만든 가치는 있네. 소년, 조심해.

다치기라도 했다가는 태평하게 치료할 여유는 없을지도 몰라."

"부상은 이미 당했는데."

쿠로는 이마를 손가락으로 가볍게 두드렸다.

거기에는 붕대가 감겨 있다.

여름방학 전, 검성 효카의 여동생이자, 쿠로에게는 전 상사이자 또 한 명의 스승 같은 존재인 검장 마나카에게 베인 상처가 남아 있다.

상처 자체는 아물었지만 몇 밀리미터만 깊게 베였다면 치명상이 되었을 정도였다.

"그러고 보니 라슈에게 베인 상처도 있지."

그 상처는 얕지만 아무래도 어제 막 다친 곳이라 다소 데미지는 있다.

"너는 늘 상처투성이로군. 인간인데 용케 살아 있어."

"살아 있지 않으면 여자애한테 야한 짓도 못 하잖아."

쿠로는 가볍게 말하고 걷기 시작했다. 이슈트도 그 옆에서 나란히 걷는다.

"새삼스럽지만 그게 농담이 아니라는 게 무섭군. 그런데 소년. 아까부터 신경 쓰였는데 허리 뒤에는 뭘 찬 거지?"

이슈트는 쿠로 뒤를 들여다보듯이 가리켰다.

허리 뒤쪽 벨트에 다소 가는 검이 달려 있다.

"예비 검이에요. 검이 부러지면 새로운 검을 가지러 돌아갈 수도 없고."

소디는 '광'을 검에 깃들게 하여 검날의 날카로움와 내구성을 강화하는 광인이라는 기술을 쓸 수 있다.

그러나 쿠로는 어디까지나 인간. 광인을 쓰지 못하는 이상 검이 부러질 위험성은 늘 있다.

"하지만 그건…… 그 검장 마나카의 검이지?"

"맞아."

쿠로는 고개를 끄덕였다.

마나카는 이도류를 사용했고, 그녀의 검은 두 자루를 합해 '무희(舞姬)'라 불린다.

그녀는 검제 아미랄과의 전투에서 그중 한 자루를 버린 듯하다. 그것을 라슈가 주워 쿠로가 받았다.

무희 중 다른 한 자루의 행방은 쿠로도 모른다.

쿠로와의 전투 후 마나카의 유체가 어딘가로 사라져버렸다.

아마 그녀의 동료가 유체와 함께 다른 한 자루의 무희를 회수했을 것이다.

"흠, 가볍고 쓰기 편해서 가져왔지. 역시 속도를 중시하던 마나카의 검이야."

무희의 도신은 종이처럼 얇고 검자루도 특별히 고안한 것인지 엄청나게 가볍다. 그만큼 내구성이 불안하지만 그 부분은 검장 마나카의 탁월한 기량으로 보충했을 것이다.

"게다가 약하다고 해도 칠검 중 한 사람이 쓰던 검이니까. 흔한 어중이떠중이 따위에 비할 바가 못 되지."

"……그래, 네가 그걸로 좋다면 아무 말 안 할게."

그렇게 말한 것과는 달리, 이슈트는 무슨 말이 하고 싶은 눈치다.

그녀는 쿠로가 마나카를 벤 사실에 지나치게 자책하고 있는 것이 아닐지 걱정하고 있다.

물론 쿠로에게 마나카는 커다란 존재였다.

그런 그녀를 죽이고 아무렇지도 않다고 입이 찢어져도 말할 수 없다.

그래도——다른 사람이 아닌 마나카 본인이 말해주었다.

자신을 벤 것을 긍지로 여기라고.

"이런 특수한 검을 쓰는 것도 좋은 훈련이 되겠지. 어이 쿠, 다음 공격이 옵니다."

"알아."

쿠로와 이슈트는 동시에 멈춰 섰다.

10미터가 넘는 높이의 나무 우듬지 부근에서 무언가가 대량으로 쏟아진다.

이번에는 창이 아니라——통나무였다.

하나하나가 쿠로와 이슈트의 키를 합한 것보다도 길고 두께도 상당하다. 직격으로 맞으면 한순간에 으깨질 것이다.

물론 쿠로도 이슈트도 찌부러지지 않았다.

가볍게 통나무를 피하면서 달려간다.

"다음 게 또 온다. 연달아 오는군."

중얼거린 쿠로의 정면에서 슉 슉 하고 화살 여러 대가

날아온다.

이 또한 쿠로와 이슈트에게는 문제가 안 됐다. 화살을 검으로 쳐내기는 그다지 어려운 일이 아니다.

두 사람 다 화살 수십 대의 탄막을 눈 깜짝할 사이에 제거하고 멈추지 않고 나아갔다.

"이봐, 소년. 의욕이 없군. 이래서야――."

옆에서 달리는 이슈트가 곤란한 듯이 말하고――화들짝 무언가를 깨달은 표정을 지었다.

"……소년, 여기까지는 준비 운동이었던 것 같군."

"음, 준비 운동이 끝없이 계속되면 좋았을 텐데."

쿠로와 이슈트가 나아간 곳은 넓은 와지였다. 그 중앙 부근까지 나아가 두 사람은 빈틈없이 주변을 둘러보았다.

"왔어, 회장."

와지 주변 나무에서 검은 사람 그림자가 잇따라 나타난다.

인원은 스무 명 정도. 모두 새카만 기모노 같은 옷을 입고 입가에 천을 둘렀다.

마치 이야기에 나오는 닌자 같다. 살짝 보이는 얼굴과 체형으로 보아 가짜 닌자들은 모두 여성인 듯하다.

"잊지 마, 소년. 죽이지 마, 부수지 마."

"이 녀석들을 죽이지 마? 갑자기 난이도가 너무 올라가지 않아?"

쿠로는 저도 모르게 투덜거리고 말았다.

가짜 닌자들은 모두 똑같은 장검을 허리에 찼다.

약간의 몸짓과 기척으로 추측하건대 상당한 실력자들이다. 아마도 검희급으로 봐야 할 것이다.

스무 명이나 되는 검희급을 해치우는 것만으로도 곤란한데 죽이지 않고 처리하기는 불가능에 가깝다.

하지만――그 불가능을 해내라는 것이 송곳니의 길이 선사하는 시련인 모양이다.

물론 아직 첫 번째 시련일 뿐인지도 모르지만.

"저기, 할멈. 송곳니의 길의 시련은 어떤 거야?"

린네는 테이블 맞은편에서 좌식 의자에 앉은 대검성에게 물었다.

쿠로와 이슈트를 보내고 린네와 히나코, 대검성은 곧바로 저택으로 돌아왔다. 히나코는 한동안 문 앞에서 기다리고 싶어 했지만 기다리는 건 무의미하다.

"가르쳐줄 수 없다고 했지. 검선중만이 아는 비밀이야. 미리 알면 시련이 되지 않지."

"하지만 내가 송곳니의 길에 들어가는 일은 절대로 없을 테고. 물론 히나야도."

히나코는 린네 옆에 앉아 주스를 꿀꺽꿀꺽 마셨다.

보다시피 린네는 소디에게 반역한 블레이즈다. 소디 시설에 들어갈 수는 없다.

히나코는 시련에 관계없이 그런 산길에 들어가면 무사

히 돌아오지 못할 것이다.

"그렇지만 그런 문제도 아니다. 그보다 너도 흥미가 있었나?"

"쿠로야가 나를 내버려 두고 뭘 하러 놀러 갔는지 신경 쓰여."

"이 세상에서 노는 거랑 가장 먼 일을 하고 있겠지. 죽어도 이상하지 않다는 이야기는 너도 들었겠지."

"그런 건 쿠로우에게 늘 있는 일이에요."

주스를 다 마신 히나코가 혼잣말처럼 중얼거렸다.

"그래, 그 수준의 검사라면 수라장은 겪고 있겠지."

"나는 그다지 겪지 않았어. 쿠로랑 사라 언니에게 살해당할 뻔한 정도?"

"두 번 죽을 뻔한 것만으로 충분한 것 같기도 합니다. 저는 자주 납치당하기는 하지만 목숨을 노려진 적은 별로 없어요. 어떤가요."

히나코는 거드름부리듯이 풍만한 가슴을 편다.

"그걸 자랑해봤자…… 아니, 그게 아니라. 쿠로가 어떤 일을 당하고 있는 지야."

"……그럼 좋다. 확실히 너희가 송곳니의 길에 들어갈 일은 없을 테고, 다른 데서 말하지도 않겠지. 그곳에는 우리 검선중이 송곳니의 길 시련을 위해 기른 검사들이 있다."

"헤에, 시련을 위해? 어떤 사람들이야?"

"전국에서 거둔 고아 여자 소디들이지. 이 마을에서 자라는 것과 맞바꾸어 일정 기간 송곳니의 길에서 싸울 의무가 주어진다. 열대여섯 살부터 스무 살 정도까지인가. 그걸 마치면 이후에는 자유지."

린네의 질문에 대검성이 대답한다.

"소디 여자애들이구나—. 가엾어라……. 그 사람들 모두 쿠로야의 성희롱에 희생을……."

"가슴을 주무르는 것만으로 끝나면 운이 좋은 거예요."

"나는 잘 모른다만…… 손제자는 그렇게 심한가?"

""심해요.""

린네와 히나코가 정확하게 입을 모아 대답했다.

"내가 터무니없는 짐승을 송곳니의 길에 풀어놓은 것인가……."

"그런데 그 검사들이 얼마나 강한지 모르겠지만 쿠로야에게 이길 수 있을까. 그 두 사람, 거침없이 쓰러뜨려버리는 거 아냐?"

"글쎄다. 송곳니의 길에 들어간 자 중에는 두 사람보다 강한 자도 적지 않았지. 그래도 살아 돌아온 자는 정말로 한 줌이었어. 정신도 육체도 극한까지 내몰리기 때문에 아주 짧은 기간에 강해질 수 있는 게야."

"……저로서는 이해하기 어려운데 정말로 일주일 정도로 강해질 수 있나요?"

히나코는 린네의 주스를 마음대로 빼앗아 마시면서 물었다.

"물론 장치는 검선중이 기른 검사들만이 아니다. 재밌는 게 여러 가지 있지. 게다가…… 그 두 사람은 발전 가능성이 충분하지."

대검성은 좌식 의자 등받이에 체중을 살짝 맡겼다.

"이슈트는 기술과 힘은 이미 지나치게 충분할 정도지. 이제 정신적인 벽을 뛰어넘을 수 있느냐가 남은 과제다. 송곳니의 길은 마음을 수련하는 장소이기도 하다. 마음의 문제가 검 끝을 둔하게 하는 그 녀석에게는 안성맞춤이지. 벽만 뛰어넘으면——단숨에 **달라질** 가능성은 있어."

"흐—응……."

린네도 이슈트의 강함은 어느 정도 안다.

쿠로에게 들은 것도 있지만 어딘가 기묘한 느낌이 드는 검사이기도 했다.

"확실히 회장은 특이해. 검도 그렇지만 지나치게 상냥할 정도로 상냥하다고 할까. **평범한 소디와는 다른 느낌.**"

"……그 녀석은 다르다는 것을 여전히 주체하지 못하고 있는 게야."

"회장은 빈유라는 거 말고도 큰일이네."

린네는 통 이해할 수 없지만 그런 것이리라.

"쿠로에게도 벽이 있나요?"

"그놈은 이슈트보다 훨씬 귀찮지. 벽을 뛰어넘는다기보다——부셔야 할 수도 있어."

"그렇게 말하면 내 나쁜 머리에는 전달이 안 돼!"

"자랑인 게냐. 어차피 본인들 문제다. 너희는 그냥 기다리면 된다."

"아—."

린네는 불만을 감추지 않았다.

그렇지만 기다리는 수밖에 없다는 것을 린네도 잘 알고 있다.

쿠로의 귀환도——이전에 그에게 했던 고백의 대답도 기다리는 수밖에 없다.

"저기 대검성 씨……."

"응? 뭐지, 인간 소녀."

"저도 해보고 싶은 일이 있어요……."

"…………?"

히나코의 부탁에 대검성이 의아한 표정을 지었다.

린네에게도 조금 뜻밖이었다. 칼로리 소비를 줄이는 데 전력을 기울이는 듯한 히나코가 자발적으로 움직이다니 희귀한 일이다.

혹독한 시련에 몸을 던진 쿠로에게 영향을 받은 것일까.

조용한 피서지에 왔을 텐데 사태가 여러 방향으로 움직이기 시작했다.

하지만 린네에게는 목줄이 있고 그녀가 괜히 움직였다가는 쿠로에게 민폐를 끼치게 된다.

린네에게는 아직 자신이 무엇을 해야 하는지 보이지 않았다.

"흣……!"

쿠로는 검은 검사의 참격을 일본도로 받아넘기고 되받아치는 검으로 상대의 몸통을 쳤다.

검은 검사는 그 자리에 풀썩 쓰러졌지만 금세 일어나 다시 검을 휘두른다.

"칫……!"

쿠로는 혀를 차고 검은 검사의 검을 튕겨냈다. 팟, 하고 주황빛 불꽃이 튄다.

조금 전 쿠로의 일격은 칼등으로 친 거였다.

소디라도 쿠로의 일격을 제대로 먹으면 까무러치지만 기절시키기는 어렵다.

죽여서는 안 된다는 조건이 있는 한 쿠로가 검은 검사들을 제압하는 건 지극히 어려운 일이었다.

기절시키려면 머리에 한 방 먹여서 뇌를 흔드는 수밖에 없다.

"소년! 괜찮아?!"

쿠로의 바로 옆에서 이슈트가 검을 휘두른다.

그녀의 애검——뇌랑아(雷狼牙)는 창 같은 형태로, 선단이 날카롭고 뾰족하지만 검날은 없다.

도신을 타격 무기로 써서 검은 검사를 기절시키고 있는 듯하다.

"아쉽지만 아직 괜찮아."

쿠로는 검을 피하면서 대답했다.

그가 쓰는 검술, 고류(古流)는 인간이 소디와 겨룰 수 있는 유일한 기술이다.

예비 동작과 살기를 누르고 참격하여 궤도를 교묘하게 틀고 상단인가 싶다가 하단, 몸통인가 싶다가 목을 노린다. 또한 속도를 미묘하게 빠르게 하거나 늦춰서 타이밍을 바꾼다. 변환자재의 검에는 소디도 대항하지 못한다.

그리고 소디 특유의 검을 휘두를 때의 강한 살기——참기를 감지한 뒤 예비 동작으로 움직임을 읽고 절묘한 각도로 검을 맞대어 그들의 호검을 받아친다.

하나만 틀리면 쿠로는 검이 부러지고 그대로 당할 것이다.

소디에게 대항하는 유일한 수단은 식은땀 나는 줄타기다.

"정말로 번거로워!"

쿠로는 검은 검사의 검날을 재빨리 피하며 검등으로 턱에 직격타를 날렸다.

검은 검사는 작은 비명을 지르며 쓰러진다.

그러나 금세 다음 검은 검사가 덮쳐온다. 한 사람씩 덤비지만 잠깐의 틈도 없이 새로운 적이 오는 탓에 쉴 여유도 없다.

이 녀석도 **한가락 하는군**——.

다들 상당한 숙련자다. 그런 놈들이 연달아 공격해오니, 줄을 타듯 아슬아슬하게 싸우는 쿠로에게는 버거운 일이었다.

"어잇쿠!"

쿠로는 새로운 적의 검을 종이 한 장 차이로 피하고 상대의 목덜미에 예리한 일격을 먹였다.

검은 검사는 쓰러지고 새로운 적은——오지 않았다.

"뭐야. 휴식 시간을 주는 거야? 아니면 우리가 너무 강해서 겁먹었나?"

쿠로는 일본도를 중단으로 겨누면서 도발적으로 말했다.

검은 검사들은 아직 열 명쯤 있다.

쿠로가 네 명, 이슈트는 여섯 명을 쓰러뜨린 모양이다.

이제 겨우 절반. 이슈트는 물론이고 쿠로도 아직 숨은 헐떡이지 않는다.

"……어리석기는. 너희는 송곳니의 길을 너무 쉽게 봤다."

검은 검사 중 한 사람이 갑자기 입을 열었다.

끝까지 입을 다물고 있으려나 했는데 쿠로에게는 뜻밖의 사태였다.

하지만——.

"어이 이봐, 진심이야?"

"처음 덫이 천국 같았네."

쿠로와 이슈트가 어이없어하며 투덜거렸다.

뜻밖의 사태는 이제 시작이었다.

와지를 둘러싼 나무 사이에서 새로운 검은 그림자가 잇달아 나타난다.

새로운 검은 검사들의 숫자는——대략 백 명.

전원이 검을 뽑고 쿠로와 이슈트에게 살기를 보냈다.
"절반씩 해도 쉰 명이냐. 아직 열 명 남아 있는데 추가는 너무 이르잖아. 게다가 죽이면 안 된다고? 이 인원을 상대로?"
숫자는 압도적인 힘이다.
그 인식은 소디이든 인간이든 다르지 않다.
아직 열다섯 살이라는 어린 나이에 전투에 익숙해진 쿠로에게도 쉰 명은 미지의 영역이다.
게다가 전원이 검희급 달인이다.
"하지만 우리도 너희를 우습게 봤다. 우리는 너희를 수단을 가리지 않고 해치우라고 명령받았다. 더는 소디다움에 얽매이지 않겠다."
"……상황이 더욱 악화됐어."
쿠로는 저도 모르게 웃고 말았다.
소디는 기본적으로 정정당당한 싸움을 좋아한다.
다시 말해 일대일, 멀리서 쏘는 무기를 쓰거나 비겁한 짓은 하지 않는다는 얘기다.
하지만 조금 전 검은 검사 말은 그런 제약을 해제하겠다는 의미겠지.
일대일을 쉰 번, 그렇게 생각하면 아직 어떻게든 해치울 수 있을 것 같았지만, 쉰 명이 일제히 덤비면 과연 전부 처리할 수 있을까.
"온다, 소년! 죽지 마라!"

"회장도. 너한테는 아직 성희롱을 다 못했다고!"

쿠로는 이슈트에게 농담으로 대답하고 검은 검사에게 맞선다.

정면에서의 참격을 고류로 받아치고 용서 없는 등 뒤의 일격을 몸을 숙여 피한다.

소디의 지나치게 강렬한 검이 우웅 소리를 내면서 머리 위를 통과한다.

"쳇!"

쿠로는 돌아보자마자 일본도를 휘둘러 등 뒤 검사의 어깨를 칼등으로 친다.

급소를 정확히 노릴 여유는 없었다.

앞뒤뿐만 아니라 좌우에서도 적이 덮쳐온다.

훌륭한 연대 공격이다. 아군의 공격을 피하면서 교묘하게 쿠로의 급소를 노린다.

"화산난격(花散亂擊)——."

쿠로는 사방에서 공격해오는 검은 검사들의 검에 차례차례 참격을 먹였다.

화산난격은 여러 명을 상대할 때 복수의 검을 해치우기 위한 기술이다.

상대의 검을 받아치면서 자세를 흐트러뜨리는 절묘한 타격에 검은 검사 네 명의 검날은 빗겨간다.

"크윽……!"

쿠로는 자세를 무너뜨린 검사들 사이를 빠져나가며 전

신에 울리는 고통에 얼굴을 찌푸렸다.

화산난격은 본디 쿠로만 사용하는 '광'을 억지로 끌어내 온몸에 흐르게 해서 신체능력을 향상시키는 '광신'을 발동했을 경우에만 쓸 수 있는 기술이다.

쿠로의 역량이 올랐기 때문에 평소 상태에도 쓸 수 있지만 온몸을 혹사시켜야 하는 탓에 광신 없이 계속 쓰는 건 자살 행위에 가깝다.

"하지만 어쩔 수 없지!"

아꼈다가 당하기보다는 위험을 각오하고 자살행위를 하는 편이 낫다.

쿠로는 눈앞에 튀어나온 새로운 적의 손목을 검등으로 치고 다시 빠르게 턱에 한 방을 먹였다.

"느려! 마나카의 검은 더 빨랐다고—!"

다시 세 사람이 일제히 덤빈다.

게다가 이번에는 같은 편이 다치는 것도 각오한 결사의 공격이다. 예리하게 파고들고, 뛰어올라 공중에서 내려치고 밑에서 찌르는 공격——세 사람이 다른 참격을 펼친다.

파고든 검사에게 쿠로도 파고들어 단숨에 간격을 좁힌다. 검날이 아니라 자루 끝으로 상대방의 명치를 때린다.

파고든 기세도 이용한 고류의 급소 지르기——파월(破月)이다.

동시에 밑에서 참격을 피하며 뛰어오른 검은 검사에게 파월을 먹인 상대를 방패삼아 몸을 부딪친다.

"어이쿠야……!"

두 사람을 지면에 쓰러뜨리면서 쿠로는 앞으로 몸을 휙 굴러 그 자리를 피한다.

"네놈……!"

쓰러뜨린 검사 중 한 명이 곧장 자세를 바로잡고 공격한다.

"훗……!"

쿠로는 검을 한번 번뜩이고, 덤벼드는 검사의 측두부를 검등으로 때려 처리했다.

"자아, 시동 걸렸다."

쿠로는 평소처럼 검을 중단으로 잡았다.

"회장. 나한테는 살짝 보였어. 이곳에서――살아남는 길이."

쿠로는 씩 웃는다.

검은 검사들이 누구인지 어떤 버릇을 지녔는지.

상대를 알면 싸우는 법은 보이게 마련이다.

이 숫자를 해치울 수 있을지는 아직 모르겠지만――절체절명은 아니다.

"후배에게 그런 말을 들으니 우는 소리는 못하겠군."

"약한 소리 따위 하지 않을 거면서."

쿠로가 웃자 이슈트도 미소 지었다.

수십 명의 검은 검사들은 쿠로와 이슈트를 둘러싸고 서서히 포위를 좁혔다.

이번에는 이 수십 명이 일제히 올지도 모른다.

그러나 그건 그거대로 재미있다――.

쿠로는 공포를 느끼면서도 그런 생각을 하고 말았다.

"오오옷!"

검은 검사 몇 명이 일제히 공중으로 뛰어올라 검을 치켜들면서 공격해온다.

검날이 부딪치며 불꽃을 튄다. 그 사이 아주 작은 허를 찔러 칼등으로 참격을 잇따라 먹인다.

쿠로의 검은 멈추지 않고 은색 궤적을 그리면서 검은 검사들을 해치웠다.

대검성의 말대로 송곳니의 길에는 샘물이 여기저기 있었다.

그뿐만 아니라 작은 계곡도 몇 개 있는 모양이었다.

"아야야……."

쿠로는 왼팔을 계곡에 담그고 얼굴을 찡그렸다.

팔꿈치 부근에 살짝 찢긴 상처가 물에 닿는 것만으로 찌릿찌릿 저리다.

"상처는 깨끗해졌나? 그럼 붕대를 감자."

이슈트가 다가와서 배낭에서 붕대를 꺼내 쿠로의 상처에 감았다.

"다행이야, 가볍게 스치기만 했군. 좋아…… 다됐다."

이슈트는 붕대를 다 감고 미소 지었다.

확실히 상처는 얕고 피도 멈췄다. 검을 휘두르는 데 지장은 없을 것 같다.

"고마워, 회장. 하지만…… 힘들었어."

"백 명…… 아니, 처음에 있던 자들을 합하면 백이십 명인가. 학원에서는 집단전도 배웠지만 저렇게 많은 인원을 상대하기는 처음이었어."

이슈트는 한숨을 푹 쉬고 수통의 물을 입에 댔다.

검은 검사의 공격을 받은 지 세 시간쯤 지났다.

쿠로와 이슈트는 산속을 달리며 백이십 명의 검사들을 전부 쓰러뜨렸다.

경위와 결과를 말하면 그뿐이지만 믿기지 않을 만큼 농밀한 세 시간이었다.

"용케 살아 있구나, 나……."

"정말로 용케 그 정도 상처로 끝났군. 네가 불사신이 아닐까 싶어졌어."

"불사신이면 강해질 수 없지. 죽고 싶지 않으니까 강해지려고 하는 거야."

"소년도 가끔은 괜찮은 말을 하는군. 그럼 앞으로 나아가자. 아직 들어온 지 몇 시간이니까. 이제부터 시작이야."

"그야 그렇겠지."

이제 시작인데 백 명 이상과 싸운 것도 무서운 이야기다.

송곳니의 길에 가득한 살기는 아직 찌릿찌릿 피부를 찌를 정도로 강렬하다. 조금 전 검은 검사들 말고도 무언가가 숨어 있는 것은 확실하다.

"이번에야말로 귀신이 나올지 뱀이 나올지――일까?"

쿠로는 고개를 갸웃했다.

느닷없이 눈앞에——지금까지 분명히 아무것도 없었던 곳에 **그녀**가 있었다.

안경을 쓴 얼굴에 땋은 머리카락. 불길하게 빛나는 붉은 눈동자.

몸에 딱 붙는 검은 러버 슈트. 광인의 빛이 감싼 가는 검.

"너는——!"

쿠로가 눈을 부릅뜬 것과 동시에 그녀가 뛰어올랐다.

공중에서 낙하하면서 하는 공격——아까 검은 검사도 똑같은 공격을 했지만 이쪽이 훨씬 날카로웠다.

쿠로가 고류로 영격하자 맞부딪친 검날에서 하얀빛이 튀었다.

"왜지, 왜 네가 있는 거야——네나!"

네나——그녀는 검학원의 동급생으로, 정체는 블레이즈였다. 쿠로와도 몇 번 싸우고 마지막에는 친구이기도 했던 세피의 검에 죽었다.

그렇다. 네나는 틀림없이 죽었다. 세피가 정성껏 장례를 치른 것도 쿠로는 알고 있다.

네나는 연거푸 공격을 쏟아낸다. 통통 튀면서 낙하 속도를 검에 실어, 가녀린 몸에서 상상도 할 수 없는 날카로운 참격을 쏟아낸다.

"변장인가, 특수 메이크업인가? 상당한 악취미잖아!"

쿠로는 농담을 던지면서 속으로 자신의 말을 부정했다.

변장 따위가 아니다. 모습뿐만 아니라 칼 솜씨도 그야말로 네나의 것이다.

하지만 쿠로는 망령 따위 믿지 않는다. 눈앞에 있는 이는 네나일 리가 없다.

"시련이니까. 딱히 무슨 일을 당하든 불만은 없지만. 아니, 있지만 이 녀석도 쓰러뜨리면 그만인 거잖아!"

눈앞의 검사는 실력도 포함해 네나 그 자체다. 그러나 쿠로는 네나에게 애먹기는 했어도 한 번도 지지 않았다.

그리고 쿠로는 네나와 싸웠을 때보다 훨씬 강해졌다——.

"흣……!"

쿠로는 기합과 함께 네나의 검을 튕기고 검날을 반대로 돌렸다. 그리고 머리를 노려 검을 내려친다.

"……뭐야?!"

그 순간, 네나의 모습이 흐려진다 싶더니 흔적도 없이 사라져버렸다.

그런가 했더니——.

"어이쿠! 대체 어떻게 된 거야?!"

쿠로는 소리를 지르며 일격을 받아넘긴다.

이번에는——**린네**가 쿠로에게 덤벼들었다.

"린네는 머리 나빠 보이는 메이드복을 입고 있을 텐데!"

쿠로 앞에 있는 린네는 스웨터에 미니스커트, 학교 교복 차림이다.

양손에 쌍두의 창 같은 검, 은익을 휙휙 돌리면서 새로운 공격을 펼친다.

"잠깐만, 어이, 젠장……!"

검사로서의 린네는 완전히 미숙하다.

검을 배운 지 일 년 정도로 실전에 나오는 건 지극히 최근부터다. 검 솜씨는 거칠고 움직임에도 군더더기가 많다.

하지만 그 거칠고 군더더기 많은 동작이 쿠로와는 최악의 궁합이다.

상대의 움직임을 읽고 자신의 움직임을 들키지 않는 검, 그것이 고류다.

그러나 린네는 제대로 검을 배우며 자란 소디라면 가능하지 않을 검술을 쓴다. 상당히 읽기 어렵다.

"이제 와서 또 이 녀석과 싸우다니……!"

읽기 어려운 검술에 쌍두라는 특수한 검.

게다가——린네는 진심으로 쿠로의 목숨을 빼앗으러 왔다.

"크윽……!"

탕 하고 둔탁한 소리를 울리며 쿠로는 은익을 튕겨냈다.

"…………!"

린네는 튕긴 기세를 이용해 은익을 크게 휘둘러 올렸다.

쿠로는 바로 그렇게 크게 휘두르기를 기다렸다——.

"화산난격——!"

은익의 검날과 자루를 향해 참격을 거의 동시에 수차례 때려 넣는다.

내려치려던 은익의 축이 흔들려 린네는 몸을 비틀거렸다.

"웃기지 말라고……!"

쿠로는 **검을 물리지 않고** 그대로——린네의 몸통을 치러 들어간다.

고류로 뻗은 검이 빨려들듯이 린네의 잘록한 가느다란 허리를 베자——조금 전 네나와 마찬가지로 휙 자취를 감췄다.

"……역시나."

죽었을 네나의 출현. 무엇보다 지금의 린네가 실수로라도 쿠로에게 칼을 들이댈 리가 없다.

쿠로는 린네를 믿는다.

자신을 좋아한다고 한 여자애를 믿는다.

"……그러고 보니 나를 좋아한다고 말한 또 한 녀석은 나하네 마구 검을 들이댔지."

쿠로는 어쩐지 쓸데없는 사실을 이것저것 깨닫고 말았다.

그건 그렇고——.

쿠로를 공격한 이는 있을 리 없는 검사이자, 할 리 없는 짓을 한 검사다.

게다가 검을 맞부딪쳤을 때의 반응에 미묘한 위화감이 있다.

아마도 적은——.

"무슨 장치인지 모르겠지만 정체를 드러낼 거면 얼른 해."

망령은 아니지만 실체를 가진 생물도 아니다.

"……소년! 무사한가!"

멀리서 이슈트가 큰 목소리로 외쳤다.

이슈트도 분명히 누군가와 겨루는 참이었다. 그 누군가

는 쿠로의 눈에는 윤곽이 흐려서 하얀 망령처럼 보인다. 성별조차 알 수 없다.

이론은 감이 안 잡히지만 아마도 이슈트에게는 쿠로가 겨룬 상대가 네나나 린네가 아니라 하얀 망령으로 보이지 않을까.

반대로 이슈트 눈에는 저 하얀 망령이 누군가의 모습으로 보일 것이다.

"그래, 괜찮아——아직은! 그쪽은 누구와 전투 중이에요?"

"천검 소샤다! 그런가, 너에게는 보이지 않는가!"

이슈트가 큰 소리로 고함치듯이 말했다.

천검 소샤——왜 그런 이름이 튀어나왔는가.

"……아니, 그럴 때가 아니잖아."

쿠로는 눈앞에 다시 나타난 여기에 있을 리 없는 검사를 응시한다.

타오를 듯한 붉은 머리카락에 파란 운동복, 회색 미니스커트.

운동복 양 소매에서 짧은 검날이 튀어나온다.

"가짜인 줄 알아도 기가 죽는 얼굴이로군. 사라…… 같은 누군가 씨."

사검사 스이사라——통칭 사라. 검성 효카와도 필적하는 말 그대로 최강의 검사다.

쿠로는 이 사라에게 몇 번이나 살해당할 뻔했던가.

"…………!"

사라가 갑자기 움직였다. 쿠로가 몇 번이나 본, 순간이동 같은 속도다.

소매에서 튀어나온 검――사라의 애검 '신명인(神鳴刃)'을 휘두른다.

가벼운 소리를 내며 쿠로가 그 검날을 받아넘긴다. 충격도 거의 받지 않고 위력을 죽여 훌륭하게 처리했다.

"사라의 검은 이제 익숙해…… 그래도 빠르군!"

쿠로는 타이밍을 읽고 밑에서 튀어 오르며 사라의 검을 튕겨낸다.

사라의 자세가 살짝 흐트러진 순간, 쿠로는 뒤로 뛰어 간격을 벌렸다.

"이미 실컷 싸워서 질렸어. 사라는 끈질기구나."

쿠로가 무슨 말을 해도 사라는 대답하지 않는다.

네나든 린네든 절대 말수가 적지 않은 두 사람도 침묵을 지켰다. 그것도 그녀들을 가짜라고 판단할 수 있는 이유 중 하나다.

"그건 그렇고 가짜이든 뭐든 실제로 반응은 있었으니까. 베면 죽으려나? 뭐, 그걸 시험할 마음은――."

말하다 말고 쿠로는 흠칫했다.

사라가 두 검을 가슴 앞에 교차시키고, 검날에 깃든 하얀 빛이 눈부실 정도로 빛났다.

"신명폭천파(神鳴爆天破)인가――!"

오싹한 오한이 온몸을 훑는다.

사라의 전력의 검과 폭발의 술법을 합친 오의다. 술법은 발동하지 않은 것 같지만 검만으로도 쿠로를 가루로 만들 위력이 있으리라.

"두 번 다시 보고 싶지 않았지만…… 하는 수밖에 없겠군!"

쿠로 역시 오의 구천성참(九天聖斬)을 발동시킨다.

광신 없이는 네 개의 빛밖에 보이지 않지만, 그래도 사라의 오의를 빠져나가 참격을 먹일 궤적을 그린다.

"우오오오오옷!"

쿠로가 중단 자세에서 궤적 하나를 따라 사라를 공격한다.

일본도의 검날은 신명폭천파가 발동하기 전에 사라를 어깨에서 허리로 비스듬하게 베고——.

"크억……?!"

그러나 쿠로는 신명폭파천의 충격파만으로 날아갔다. 사라의 몸에 박혔던 검날도 빠져버렸다.

더욱이——날아간 채 착지를 결정하지 못했다.

왜냐하면 쿠로가 날아간 곳에 지면이 없었기 때문이다.

"현실이야……?!"

확인할 것도 없이 현실이었다.

쿠로가 날아간 곳은 벼랑처럼 되어 있다. 족히 20미터는 넘을 것 같은 낭떠러지. 그 밑바닥은 울퉁불퉁한 바위 밭이었다.

게다가 공중으로 날아간 쿠로에게는 어찌할 방도가 없다.

설마 이런 곳에서——.

"소년!"

돌연 쿠로의 몸이 폭신하고 부드러운 감촉에 감싸였다.

인식할 것도 없이 이슈트다. 이슈트가 쿠로의 몸을 안았다.

"떨어지지 마, 소년! 이상한 곳은 붙잡지 마!"

"이상한 곳은 잡을 정도로 크지 않잖아!"

"운 좋게 살아도 찌를 테니까!"

쿠로는 이슈트와 독설을 주고받으면서——그대로 중력에 끌려 떨어졌다.

뚝, 뚝 물방울이 떨어지는 소리가 들린다.

누군가 수도를 제대로 잠그지 않았나. 세피는 꼼꼼하니까 범인은 히나코인가.

"…………."

쿠로는 그럴 리 없다는 사실을 깨달았다.

검 학원 안에 쿠로와 히나코, 그리고 감시역이라는 세피와 같이 사는 집이 있지만 그곳으로 돌아온 게 아니다.

"응응……."

쿠로는 천천히 눈을 떴다.

얼굴 바로 옆에 물방울이 뚝뚝 떨어졌다.

"동굴……?"

희미한 빛 속에서 주변도, 지면도 바위인 게 느껴진다.

쿠로는 지면에 깐 시트에 누워 무언가 부드러운 것을 베고 있었다.

몸을 일으키고 베개를 확인한다. 세이버즈 제복 상의였다.

"회장의 옷인가…… 어떻게 된 거지……?"

온몸이 욱신거렸지만 상당한 높이에서 떨어진 것치고는 대단치 않다.

이슈트가 감싸준 건 틀림없다. 그런 그녀는 어디로 간 것인가.

쿠로는 일어나 빛이 비쳐드는 방향으로 걸어갔다. 동굴은 두 사람이 나란히 걸을 수 있을 정도의 넓이였으며, 높이도 머리를 부딪칠 정도는 아니었다.

몇 미터 나아가 동굴 바깥으로 나가자——.

"아…………."

이슈트는 동굴 출구 바로 옆에 있었다.

새하얀 등을 쿠로 쪽으로 향하고 있다. 상반신은 완전히 나신, 아래에는 노란색의 얇고 귀여운 팬티를 입고 있을 뿐이다.

"뭣, 뭐뭐뭐……."

이슈트가 끼기긱 망가진 로봇 같은 움직임으로 뒤돌아본다. 몸을 비튼 탓에 봉긋한 가슴까지 보였다. 역시 이슈트의 가슴은 작지만 곡선을 띤 예쁜 형태였다.

"언제까지 볼 거야, 소년! 눈을 피하든지 해!"

"어쩔까……."

"고민할 때냐!"

이슈트는 그제야 가슴까지 드러낸 사실을 깨달았는지, 재빨리 손으로 둔덕을 가리고 그 자리에 주저앉아 몸을 웅크린다.

"하지만 떨어진 뒤에 내가 어떻게 된 건지 알고 싶어서 말이지……."

"찌른다."

"잘못했습니다."

쿠로는 돌직구 같은 위협에 간단히 굴복하고 뒤돌았다.

부스럭부스럭 이슈트가 몸단장하는 소리가 들린다.

"……조, 좋아. 이제 이쪽을 봐도 돼."

쿠로는 다시 이슈트 쪽으로 돌았다.

당연하지만 그녀는 완벽하게 옷을 입고 말았다.

"정말이지…… 너, 눈을 너무 빨리 떠. 그 높이에서 떨어졌으니까 한동안 일어나지 않을 줄 알았어."

"그래서 방심한 건가."

"그래, 맞아. 착지한 건 좋은데 진흙투성이가 됐어. 수건으로 몸을 닦던 참이었지. 물론 너에게 서비스하려던 건 아니야."

이슈트는 쿠로를 매섭게 노려본다.

성희롱 같은 어설픈 농담을 했다가는 정말로 찔릴 것 같다.

"됐으니까 동굴 안으로 돌아가. 너는 조금 더 쉬어야 해."

"……그렇군."

쿠로는 고개를 끄덕이고 이슈트와 함께 동굴 안으로 돌아갔다.

"그런데 마침 딱 이런 동굴이 있었구나."

"떨어진 곳에서 조금 이동하다 발견했어. 다행히 검은 검사들도, 기묘한 존재도 따라오지 않았지."

"그거 잘됐군……. 어, 이봐 회장. 왼팔을 다친 거야?"

이슈트의 왼손은 부자연스럽게 축 늘어졌다. 자세히 살펴보니 여기저기 까진 것 같다.

"소년은 눈치가 빠르군. 착지에 살짝 실패했어. 작은 상처의 출혈은 멈췄지만, 왼팔은 시간이 좀 걸릴 것 같군."

20미터 높이는 소디에게도 나름대로 위험하겠지. 그러나 이슈트만한 검사라면 착지에 실패할 리가 없다.

부상은 틀림없이 쿠로를 감싼 탓이리라.

"……고마워, 회장. 네 덕분에 살았어."

"후후후, 네가 솔직하게 고마워하다니 기분이 이상하군."

"더 기분이 이상하게 해줄까? 여자애를 이상하게 하는 건 완전 자신 있어."

"……너는 너무 솔직해. 기어오르지 마."

쿠로는 쓴웃음을 짓고 바닥에 둔 배낭에서 구급키트를 꺼낸다.

이슈트와 나란히 앉아 다친 그녀의 왼팔에 붕대를 감는다.

"뼈는 부러지지 않은 것 같아. 소디의 회복력이라면 내일이나 모레에는 나을까."

소디는 회복능력도 인간보다 훨씬 월등하다. 금이 간 정도라면 치유에 긴 시간은 걸리지 않을 것이다.

"고맙다, 소년."

"붕대를 감은 정도로는 살려준 빚은 갚지 못하지. 하지만 아무리 가짜 사라에게 공격당했다고 해도 그런 실수를 하다니."

"그 사검사인가. 그녀는 상당히 신출귀몰한 모양이다만 아무리 그래도 여기에 나타날 리는 없겠지."

아무래도 이슈트도 쿠로와 같은 의견인 모양이다.

"그런데 회장. 나는 얼마나 잤지?"

송곳니의 길에는 스마트폰도 시계도 반입이 금지라 시간을 잘 모르겠다.

"한 시간도 지나지 않았을 거야. 정말로 너는 너무 빨리 일어나."

"음, 일찍 일어나는 게 좋다는 건 진짜인 것 같군."

"……나를 늘 빈유 빈유 놀리는 주제에 알몸을 보고 기뻤가?"

"빈유라고 했지만 놀리지는 않았어. 나는 크면 좋다는 도량 좁은 가치관의 소유자가 아니야!"

"역설하지 마! 그릇이 큰 게 아니라 분별이 없을 뿐이잖아."

"그건 회장도 마찬가지잖아. 소디든 인간이든 남자든 여자든 전부 괜찮잖아."

"무승부인가……."

과연 그럴까, 하고 쿠로는 의심했다.

"그래도 최근에는 회장도 얌전했지. 송곳니의 길에 들어갈지 말지를 고민했던가? 하지만…… 그뿐만이 아니지?"

"……너는 뜻밖에 여러 가지를 간파해서 곤란해. 귀염성이 없어."

"이제 나한테 귀염성을 기대하는 사람은 회장뿐이야."

한때 검성 효카와 검장 마나카라는 쿠로를 묘하게 귀여워한 두 사람이 있었지만 이제는 없다.

"딱히 대단한 일은 아니야. 정말이다. 들으면 웃어버릴 만한 일이지. 그보다…… 휴식은 여기까지인 것 같군."

"어라…… 정말이다. 왔구나."

쿠로는 멀리서 다가오는 살기를 감지했다.

이슈트보다 느리게 알아챈 이유는 아직 온몸이 희미하게 욱신거리는 탓일 것이다.

"바깥으로 나가는 편이 좋겠군. 이곳에서는 검을 휘두르기 어려워."

쿠로는 배낭을 메고 베개로 삼았던 세이버즈 겉옷을 이슈트에게 건넸다.

"또 가짜겠군……. 회장의 상대는 천검 소사였던가?"

"그래. 엄청난 베기였어. 방어만 하는 게 고작이었다."

"역시 그쪽에 나온 녀석도 실력은 진짜인가……."

쿠로는 문득 깨달았다. 생각해보면 이슈트도 가짜이기는 해도 칠검 중 한 사람과 싸우던 중이었다. 그 상황에서 쿠로의 위기를 감지한 건 예삿일이 아니다.

쿠로는 이슈트의 상황 따위 전혀 보이지 않았으니까.

칠검급에는 미치지 않더라도 역시 이슈트의 실력은 월등하다.

"그보다 천검과 아는 사이야?"

"너에게는 이야기하지 않았던가. 소샤가 사범을 맡은 검성당에 출장 지도를 가서 알게 됐어. 동갑이고 이야기가 잘 통하지."

"헤에……."

쿠로는 짧게 신음했다.

소샤를 만난 세피의 이야기를 들은 바로는 칠검 중에서는 정상적인 인물 같았다. 이슈트 같은 일종의 변태와 이야기가 잘 통한다는 건 뜻밖이다.

"수다는 그만하자, 소년."

동굴을 나와 이슈트가 자세를 잡는다.

바깥은 수목이 우거져 있다. 그런 나무를 피하듯이, 하얀 그림자 같은 것이 두 개 접근해왔다.

쿠로는 허리에 찬 일본도를 뽑고 중단으로 겨누었다.

"또 사라인가? 아니면 슈나크나 아미랄인가? 검왕의 언니라는 선도 있겠군."

투덜거리는 쿠로 앞에 하얀 그림자 하나가 멈춰 섰다.

하얀 그림자는 흐물흐물 형태를 바꾸더니――검 두 자루를 쥔 한 인물로 형태를 취했다.

"……이건 또 악랄하기 짝이 없는 취미로군."

잘못 볼 리가 없다——세이버즈 제복을 입은 검장 마나카다.

쿠로가 제 손으로 베어 죽인 누나 같은 존재.

현실주의자인 그라도 다시 한 번 만났으면 하고 바라마지 않던 상대.

그런 상대가 지금 진짜로밖에 보이지 않는 모습으로 눈앞에 나타났다.

"아무리 내가 상냥해도 한도란 게…… 있잖아!"

쿠로는 선수를 치고 덤볐다.

고류의 검이 윙 소리를 내며 마나카의 어깨까지 오는 푸른 머리카락을 살짝 스친다.

쿠로는 멈추지 않고 검을 계속 내리쳐 마나카에게 반격을 허락하지 않는다. 그녀의 움직임을 먼저 읽고 틈을 찔러 차례로 참격한다.

마나카의 환영이 나오다니, 그녀를 우롱하는 짓이다. 그 생각을 떨칠 수 없었다. 그래도 쿠로의 검은 냉정하고 정확했다.

"진짜 마나카는 더 빨랐어! 더 말도 안 되는 살기였다고!"

쿠로의 고류가 마나카의 일도를 힘껏 튕긴다.

재빨리 검을 빼내, 검을 한 자루 잃어 생긴 틈을 노려 목을 향해 검끝을 찌른다.

그러나 마나카는 뒤쪽으로 크게 뛰어 검날을 피했다.

“…………칫.”

쿠로는 혀를 찼다. 소디의 운동 능력으로 긴급 회피하면 쫓아가지 못한다.

“역시 가짜로군. 진짜 마나카라면 그런 꼴사나운 회피는 하지 않아.”

대체 어떤 조작으로 환영을 만들어내는지 모르겠지만 진짜와 다른 점도 적지 않아 보였다.

“얼른 악취미적인 장치를 부숴버려야지. 이런 연극에 언제까지고——.”

“왜지, 왜 하필이면 당신이 나타나는 거야!”

갑자기 쥐어짜는 목소리에 쿠로는 흠칫 놀랐다.

이슈트가 또다시 하얀 덩어리 같은 무언가와 대치하고 있다.

그녀에게는 하얀 덩어리가 아는 사람으로 보일 텐데——.

“회장! 뭐야, 왜 그래?!”

쿠로가 부르는 것과 동시에 이슈트가 맞은 것처럼 뒤로 날아갔다.

그 후, 이슈트는 검을 휘두르면서도 점점 내몰리는 것 같았다.

“제길, 저 누님은 누구랑 싸우는 거야……!”

쿠로는 마나카를 경계하면서 이슈트 곁으로 달려갔다.

아무리 봐도 이슈트의 상태가 이상하다. 완전히 냉정함을 잃었다.

"회장, 정신 차려! 누구인지 모르겠지만 그 녀석은 진짜가 아니야!"

쿠로는 이슈트가 검을 휘둘러 하얀 덩어리에게서 거리를 두는 것을 확인하고 나서 그녀의 어깨를 잡고 끌어당겼다.

"아, 아아. 미안하다. 나는 괜찮아. 한 팔 핸디캡이 있는 승부는 처음이라서. 잠깐 동요했을 뿐이야."

"나는 언제나 핸디전이야. 됐고 일단 물러나자. 나를 안고 달려."

"……태연하게 엄청난 요구를 하는군. 공주님 안기를 하라고?"

불평을 말하면서 이슈트는 금이 갔을 왼팔로 쿠로의 몸을 안았다. 가슴은 없어도 여자아이의 부드러움이 전해진다.

"간다. 흔들릴지도 모르니까 혀 깨물지 않게 주의해."

"가슴은 흔들리지 않는데 말이지."

"혀 깨물고 죽어."

이슈트가 독설을 내뱉더니 갑자기 높이 뛰어올랐다.

몇 미터나 뛰어서 착지하고 몸을 휙 돌려 달렸다.

산길이라 진동이 심하다. 쿠로의 머리가 어질어질 흔들린다.

"이, 이봐. 회장, 좀 더 천천히……!"

"느긋하게 가면 따라잡혀. 조금 있는 가슴 감촉이라도 즐기고 있어."

이슈트는 속도를 더욱 높이고 날듯이 달렸다.

이전에도 린네가 쿠로를 메고 고속 이동한 적이 있지만 그때보다 훨씬 쾌적했다.

의외로 이슈트는 쿠로를 배려하는 듯하다.

하지만 그 얼굴에 여유가 전혀 없어 보였던 것이 마음에 걸리는데——.

삼십 분쯤 달려 쿠로와 이슈트는 하얀 환영들을 간신히 따돌렸다.

두 사람은 높이와 너비가 3미터 이상 되는 거대한 바위 그늘에서 한동안 쉬기로 했다.

"하——…… 여기는 도망치는 것만도 목숨을 걸어야 하는구나. 손 쓸 길 없는 덫도 또 우르르 발동하고."

"너는 안겨 있었을 뿐이잖아."

이슈트는 뽑았던 뇌랑아를 쥔 채 주변을 경계했다.

"그렇네. 고마워, 회장. 정말로 어떤 장치인지 모르겠지만 그 환영은 어떻게 된 거지. 환상인 주제에 베면 죽을 것 같고."

"검선중이 만든 시설이니까. 이 정도는 있어도 당연해."

"비뚤어진 늙은이들이 시간이 남아돌아 만들면 이렇게 되는 건가. 젊은이를 고생시키는 게 자신의 역할이라고 생각하는 거겠지. 정말로 요새 노인네들은."

쿠로는 다 안다는 듯이 말하고 혼자 고개를 끄덕였다.

"그래서 회장. 너, 아까는 누구랑 겨룬 거야?"

"……거리낌 없이 묻는군."

"태평하게 떠들 여유는 없잖아? 그러면 바로 물어야지."

아까 이슈트의 상태는 명백히 정상이 아니었다.

인정하는 수밖에 없지만 쿠로에게는 마나카의 존재 자체가 트라우마다. 직접 처리해놓고 우스운 이야기이기는 해도 사실이라 어쩔 수 없다.

쿠로에게는 마나카를 죽인 것이 마음을 무겁게 짓눌렀다——.

이슈트에게도 똑같은 존재가 눈앞에 나타난 것 아닐까.

"후——……."

이슈트는 무거운 한숨을 쉬고 나서——입을 열었다.

"소년, 너는 이미 알고 있겠지? 나한테 인간의 피가 섞였다는 사실."

"확실히 듣기는 처음이로군."

실제로 이슈트의 말대로 어렴풋이 짐작하고는 있었다.

이슈트는 소디에게는 어려울 터인 참기를 억누른 검을 휘두르고, 인간인 아카리와 스노우화이트에게 이상하게 상냥했다.

다른 대부분의 소디와 큰 차이가 있는 건 명백하다.

게다가 소디와 인간 사이에 아이가 생길 수 있다는 것도 알고 있다. 그런 이유로 쿠로가 정답에 이르기는 어렵지 않았다.

"소년도 무신경한 것치고 알면서 말은 하지 않았군."

"회장이 혼혈이든 아니든 나랑은 딱히 관계없으니까. 그보다 혼혈이야?"

저는 질문을 망설일 필요는 없을 것 같아 쿠로는 딱 잘라 물었다.

"맞아, 혼혈이야. 어머니가 소디고 아버지가 인간이다."

"……헤에."

쿠로에게는 조금 뜻밖이었다.

소디는 여성이 검사로서 뛰어나고, 자긍심도 높다. 인간을 내려다보는 이도 적지 않으니 연애 대상으로 인간을 고르는 건 생각하기 어렵다.

"우리 엄마도 검희였어. 젊을 적에는 검 성당에 있었던 것 같아. 역량은 상당했다고 해. 칠검에 한없이 가까운 수준이었다던가."

"흐—응……."

이슈트의 실력은 모친 유전인 모양이다.

"그 우수한 어머니가 인간과 결혼하다니 역시 뜻밖이로군."

"나도 그렇게 생각해. 엄마가 특이한 사람이었던 건 분명해. 그런 어머니가 어느 날 연습 중에 한 팔이 잘려나갔어. 아무리 소디라도 마음대로 팔이 붙지는 않으니까. 병원에 가서——그곳에서 외과의였던 아빠를 만난 거야."

"회장의 아버지는 의사였구나. 혹시 회장 좋은 집안의 딸이야?"

"의사가 모두 부자인 건 아니야. 아니, 여기서 그런 게 궁금해? 아무튼 우리 집 경제 상황은 풍족한 편이었지. 엄마의 팔을 붙여준 사람이 아버지고, 무슨 영문인지 몇 달 후에 두 사람은 결혼했다."

"좋은 이야기네!"

"너, 왜 그렇게 기뻐하는 거야?!"

"아, 아니……. 인간인 나에게도 소디 미인과 결혼할 수 있을지도 모른다는 희망이."

"우리 엄마가 미인이라는 말은 한마디도 하지 않았는데……."

이슈트는 제법 진심으로 어이없어했다.

그렇지만 딸이 이만한 미소녀이니 모친도 상당했을 것이다.

"아빠랑 엄마에 대해 아는 건 이 정도야. 어떤 로맨스가 있었는지는 몰라. 아까 내 앞에 나타난 사람은――."

"회장의 어머니인가?"

쿠로의 질문에 이슈트는 고개를 끄덕였다.

"모친도 가슴은 없었군. 정면에서 봐서 그런 사실을 이제야 깨달았어."

이슈트는 슬쩍 웃었다.

"엄마는 나에게 검을 가르쳐주었지만――오 년쯤 전에 나를 쉽게 버렸어. 이유는 단순해. 내 검이 소디의 검이 아니었기 때문이야. 소년, 너도 말했지. 소디는 검을 빠르고 강하게 휘두르는 데에 모든 것을 건다고. 그게 소디의 강함이자 저주이기도 하다고. 그리고 나는 그 저주가 조금 약해."

"아아……."

쿠로는 겪어서 알고 있었다.

이전에 검 학원에서 배틀로얄로 이슈트와 겨뤘을 때, 그녀의 찌르기에 제대로 당했다.

검에 모든 것을 거는 소디의 검은 강렬한 참기와 함께 공격한다.

하지만 참기를 감지하는 고류도 이슈트의 찌르기를 완벽하게 읽지 못했다.

일반 소디일 리가 없는 약한 참기.

그건 이슈트가 이질적인 소디기 때문——이라고 쿠로도 알아챘다.

"인간을 남편으로 고른 별난 어머니라도 딸이 평범한 소디가 아닌 사실은 인정하지 못했나봐. 제멋대로지. 뭐, 강한 검사란 대개 자신만의 생각에 완전히 빠져서 제멋대로인 사람이 많지만."

"그러게."

쿠로는 힘차게 고개를 끄덕였다.

칠검과 사검사 같은 최강급 검사들은 하나같이 자신이 세상의 중심인 듯한 놈들뿐이다.

"그런 엄마도 내가 검 학원에 입학하기 조금 전에 돌아가

셨어. 심장병으로 말이지. 소디는 튼튼하지만 불로불사가 아니야. 의사를 남편으로 골라놓고 젊은 나이에 병사라니 마지막의 마지막까지 허를 찌른다니까. 칭찬할 마음은 없지만."

"다시 말해——회장의 미인 어머니는 회장을 인정하지 않은 채 돌아가신 건가."

"……그렇지. 그 사람은 제멋대로인 이유로 나를 버리고 내가 복수하기 전에 멋대로 세상을 떴어. 그랬는데…… 이런 곳에서 재회할 줄이야. 네 말대로 악취미인 곳이야."

이슈트는 담담히 말하고 난처한 듯이 웃었다.

쿠로와 마찬가지로 이슈트도 트라우마를 자극받아 약해진 듯하다.

하지만——.

"이봐, 회장."

"응?"

이슈트가 돌아보기 전에 쿠로는 검집에서 검이 자연스럽게 나오도록 했다.

그렇지 않아도 읽기 어려운 쿠로의 검을 타이밍과 속도를 더욱 알기 어렵게 한다, 특기인 발도술이다.

"뭐야……!"

그래도 역시 이슈트는 반응하여 집어넣지 않았던 뇌랑아로 간신히 튕겨냈다.

키잉, 경쾌한 소리가 울리고 주황빛 불꽃이 눈부시게 튀었다.

"무슨 짓이지, 소년?!"

"회장, 나나 회장이나 한심하지만 트라우마를 지녔어. 그건 인정할 수밖에 없어."

쿠로는 검을 휘두르면서 말했다.

"하지만 지금은 그런 거에 현혹될 때가 아니잖아. 우리는 얼른 강해져서 전투로 돌아가야만 해."

"알아! 나도 사라 때처럼 쓸모없는 존재가 되고 싶지 않아!"

"그렇다면!"

쿠로 옆에서 후려치는 듯한 참격이 이슈트의 목덜미를 가볍게 스친다.

"언제까지고 사로잡혀서는 안 돼! 나도 회장도!"

"그런 건……!"

재빨리 뺀 검으로 몸통을 치러 간 쿠로의 검을 이슈트는 몸을 살짝 비틀어 피한다.

그 뒤에 날카롭게 파고들어 오른손을 뻗어 찌르기——뇌랑아의 선단이 쿠로의 목에 1밀리미터 찌른 곳에서 딱 멈추었다.

"그런 건 알아. 나는 엄마의 말에, 자신의 출생에 사로잡혀 있어. 묶여 있어. 저주받았어. 소디의 저주가 약해도 다른 더욱 강한 저주가 걸려 있지. 엄마에게 저항하기 위해 혼혈이라도 순결한 소디에 지지 않는다고, 자신의 강함을 증명하기 위해 과하게 필사적이지. 강해져도——그 저주가 벽이 되어 그 이상 앞으로 나아갈 수 없게 된 거야."

쿠로는 목을 찌른 검을 두려워하지 않고 이슈트의 눈을 가만히 응시했다.

"이봐, 소년……. 내가 요새 고민한 건 송곳니의 길에 들어갈지 망설인 게 아니야. 송곳니의 길에 들어가서 정말로 강해질 수 있을지 의심한 거지. 혼혈인 내가, 이질적인 소디인 내가 다른 소디와 똑같이 강해질 수 있을까. 이런 의문에 사로잡혀버린 것도——그것도 저주겠지."

이슈트는 날카로운 눈빛으로 쿠로를 바라보았다.

"……그랬군. 회장도 알고 있구나. 알아도 저주는 간단히 풀 수 없어."

"나랑 너는 절반만 같은 종족이다. 하지만 무언가에 사로잡힌 부분은 비슷해. 이상한 공통점이 있군."

"음, 그런 녀석이라면 잔뜩 있을걸."

트라우마에 사로잡힌 사람이라면 얼마든지 있다.

"하지만——나랑 같은 수준의 검사 중에 그런 공통점이 있는 건 너뿐이야. 송곳니의 길에 너랑 들어온 건 운명이었던 것 같은 생각마저 들어."

"시련을 뛰어넘는 것까지 운명에 포함되었다고 생각하고 싶군."

쿠로는 겨누었던 일본도를 쓱 내렸다.

"회장, 이러니저러니 생각하는 건 그만하자. 우리는 검사야. 이 검으로 길을 개척하고 자신들을 사로잡은 사슬을 끊어버리면 돼."

"아아…… 후배에게 그런 가르침을 받다니."

이슈트는 살짝 쓴웃음을 짓고——그 뒤에 씩 미소 지었다.

역시 이 선배도 엄청난 미인이로군, 그렇게 생각하며 쿠로도 웃었다.

"자, 또 납셨다."

"게다가 이번에는 덤이 붙었어."

쿠로의 말에 이슈트도 고개를 끄덕였다.

큰 바위 주변에 아까의 하얀 환영 둘이 나타났다.

쿠로 앞에 선 환영은 다시 마나카의 모습으로 변화했다.

더욱이 검은 검사가 다시 수십 명 나타나 강렬한 살기를 방출했다.

"쉼 없이 나오는군. 아까 때려눕힌 놈들인가? 죽일 순 없으니, 눈을 뜨면 계속해서 나타나잖아. 재기불능으로 만들면 안 되나."

"부숴도 안 된다잖아. 너무 지나치면 아웃이겠지."

이슈트는 뇌랑아를 겨누며 말했다.

"베지 못하는 스트레스는 환영 쪽에서 풀까. 아무리 베도 죽지 않겠지."

쿠로는 평소의 중단 자세를 취하고 한 걸음 쓱 내디디려다가——.

"응꺄아아아아앗……!"

그때 기성이 울려 퍼졌다.

아까 쿠로가 기댔던 큰 바위에서 무언가 데굴데굴 굴러와 그와 마나카 사이에 끼어들듯 멈추었다.

"아야야야…… 아, 정말…… 여기가 어디에요……."

머리를 감싸고 눈물을 글썽이며 일어난 사람은 상당히 작은 체구의 소녀였다.

투명한 듯한 푸른빛을 머금은 머리카락을 양 갈래로 묶었다. 낙낙한 백의 밑에 분홍색 캐미솔, 펄럭이는 하얀 미니스커트 차림이다.

"리, 리제……?"

"아앗, 오빠! 다행이다, 드디어 만났어요!"

리제벨――리제는 통 튀어서 쿠로에게 안겼다.

블레이즈 중 한 사람으로, 의사이기도 한 소녀. 쿠로도 몇 번이나 치료받았었다.

그런 그녀가 어째서 이런 곳에 있는가――.

"소년, 여러 가지 묻고 싶겠지만…… 누가 난입하든 상대방은 상관없는 것 같아."

"……그런 모양이군."

환영인 마나카가 서서히 접근하고 검은 검사들도 공격할 기회를 엿보고 있는 듯하다.

"리제, 이야기는 나중에 하자. 우리에게서 떨어져."

"네, 오빠."

리제는 순순히 고개를 끄덕이고 쿠로에게서 3미터 정도

떨어진다.

그녀는 검에 대한 소양은 없는 듯하지만 그래도 블레이즈다. 쿠로보다 신체 능력은 좋을 테니 크게 걱정할 필요는 없겠지.

그래도 리제를 신경 쓸 필요는 있을 것 같다.

송곳니의 길 시련은 더욱 혹독해진 것 같지만 한탄할 틈은 없다.

쿠로는 검을 다시 겨누고 무슨 영문인지 씩 웃고 말았다.

시련이 가혹해질수록 더욱 강해질 수 있다. 그렇게 생각하면——리제의 난입이라는 전혀 예상하지 못한 사태도 환영이다.

게다가 옆에는 이슈트가 있다.

이슈트의 약점을 안 지금——어째서인지 이전보다도 이슈트가 믿음직했다.

이슈트는 어딘지 비밀스러운 선배가 아니라 자신과 똑같은 고민을 품은 가까운 존재인 걸 알았기 때문일까.

이슈트라면 이 시련도 이겨낼 수 있다.

이제 오로지 검을 휘두르면 그 앞에 대답이 있다——.

2장 머나먼 날의 주박

"덥습니다……."

히나코는 대검성의 저택 마당에서 하늘을 올려다보았다.

검선중의 마을에는 피서로 왔을 텐데 토쿄 소디아보다 조금 시원한 정도일 뿐이라 히나코 입장에서는 사기나 마찬가지였다.

"빨리 겨울이 안 되려나……."

"히나야, 추운 건 괜찮니?"

히나코 옆에 웅크리고 앉아 바로 옆 연못의 잉어를 바라보던 린네가 물었다.

"아마도 안 괜찮습니다."

히나코는 남의 일처럼 대답했다.

태양교 교주의 딸인 히나코는 철이 들었을 때부터 열다섯 살까지 어딘가의 방에 갇혀서 살았다. 사계절이란 것을 체험한 적이 없다.

"린네는 그런 차림으로 전혀 아무렇지도 않은 것 같네요……."

오늘도 린네는 메이트 복장이다. 반팔에 가슴이 파인 시원한 디자인이지만 천이 두껍고 통기성은 그다지 좋아 보이지 않는다.

"아니, 나도 덥기는 더워. 히나야는 가슴에 지방이 많으니까 쓸데없이 더운 거 아냐? 나보다 완전 거유인걸. 핫, 거유를 좋아하는 쿠로야에게는 최고로구나."

"갑자기 비꼬셔도……."

말은 그렇게 했어도 린네의 가슴 역시 그렇게 작지 않다. 정말로 작은 사람은 이슈트뿐이다.

"가슴 이야기로 생각났는데 회장님도 쿠로야도 안 돌아오네—."

"이슈트는 린네한테까지 가슴 사이즈로 우롱당하는 건가요."

히나코는 자신도 이슈트를 연상한 건 모른 척하고 추궁한다.

"친밀감을 담은 거야. 회장님, 좋지. 내가 블레이즈인 것도 전혀 신경 쓰지 않고, 강하고, 남한테 살뜰해. 회장님이 같이 있으면 쿠로야도 괜찮겠지만."

"저도 그렇게 생각한 시기가 있었어요……."

히나코는 저도 모르게 먼 곳을 바라보았다.

"벌써 엿새가 지나버렸으니까."

"네, 쿠로우는 닷새면 나오겠다고 했지만 충분히 오버했네요……."

그랬다. 쿠로와 이슈트가 송곳니의 길에 들어가고 이미 엿새째다.

대검성의 말로는 법도가 있기 때문에 송곳니의 길에 들어가 상황을 살피고 올 수도 없다고 한다.

"이제 슬슬 장소랑 시간을 지정하겠지? 내일 만나기로 했잖아. 장소에 따라서는 오늘 출발해야 하고……. 히나야, 어떻게 할래?"

"쿠로우가 곧 나올 가능성도 아직 있습니다만……. 어쩌죠?"

히나코는 고개를 갸웃하고 만다.

은근히 맹목적으로 쿠로를 믿고 있었기 때문에 이 사태는 상정하지 않았다.

"물론 부모를 만나지 않는다는 방법도 있어."

린네는 간단히 말했다.

"그럴 수는 없지 않을까요……. 저에 대한 건 수수께끼투성이고, 이상한 능력도 해명해야 해요……."

"수수께끼 따위 내버려두면 돼. 히나야는 술법이나 '광'을 봉인하거나 하늘의 문을 여는 능력이 있을지도 모르지만, 딱히 그런 걸 쓰지 않아도 되잖아. 블레이즈랑 만나지 않으면 되고, 하늘의 문 따위 열 필요 전혀 없는걸."

"……린네랑 얘기하면 세상이 단순한 것 같아요."

"단순해. 쿠로야도 그렇지 않을까."

린네는 일어나서 히나코 앞으로 돌아왔다.

"쿠로야는 태양교 교주를 찾거나 블레이즈와 싸우고 있지만 히나를 휘말리게 할 마음은 없을걸. 태양교 교주를 만나는 건 히나야가 결정한 일이니까 존중할 뿐이고. 위험할 것 같아서 사실은 만나게 하고 싶지 않은 거 아닐까—."

"……그래도 저는 앞으로 나아가고 싶습니다."

히나코는 린네를 지그시 바라봤다.

"저는 바깥에 나가길 바랐고, 주변 사람들이 목숨을 걸고 도망치게 해주었습니다. 쿠로우도 줄곧 지켜주었습니다. 하지만 저는 그저 보호만 받으며 살아가기만 해서는 안 됩니다. 모두의 목숨, 쿠로우의 검에 걸맞은 존재이고 싶어요."

"……뜻밖의 생각을 하네."

린네는 안 그래도 커다란 눈을 동그랗게 떴다.

성실하게 상당히 실례되는 말을 들었지만 히나코는 개의치 않는다.

"자신을 알지 못하면 그렇게 될 수 없어요. 그러니까 먼저 부모님을 만나고 싶어요. 저를 가장 잘 아는 사람은 아마도 그 사람들일 테니까."

"……그렇구나. 음, 사형사의 임무에서 도망친 내가 할 말도 아니네."

린네는 가볍게 말하고 환하게 웃었다.

"그렇지만 쿠로우가 돌아오지 않는다면 호위 없이 만나러 가게 될까요. 자랑은 아니지만 저 혼자서는 전철도

타지 못하는데요?"

"태양교의 덫에 걸리기 전에 교통 기관에서 발이 묶인다니 어떤 의미로는 허를 찌르네……. 내가 따라가고 싶지만 아무래도 이 상태라서 말이야."

린네는 폭약이 담긴 목의 초커를 아무렇게나 탕탕 두드렸다.

감시역 없이 린네가 행동하는 건 허가가 나지 않을 것이다. 쿠로가 송곳니의 길로 들어가고 나서는 대검성이 감시역을 대행하고 있는 것 같지만, 동행은 한 명뿐이다. 린네와 감시역이 함께 갈 수는 없다.

"그렇다고 할멈에게 가달라는 것도 안 되나. 실력으로 말하면 불만은 없지만 애초에 가줄 법하지도 않고."

"애초에 대검성님은 관계없는 일이고…… 은퇴한 분이에요."

히나코는 처음부터 대검성을 끌어들일 생각은 없었다.

하기야 이미 한 가지 협력을 부탁했다. 히나코에게는 그것만으로 충분했다.

"음, 중요한 건 히나야가 신용하는 사람을 데려가는 거 아닐까. 강하다거나 약하다거나 그런 것보다 중요한 일이야."

"……린네도 뜻밖에 생각이란 걸 하는군요."

"아니, 아무 생각도 없어!"

린네는 가슴을 펴고 역설한다.

그녀는 어딘가 바보라고 여겨지길 바라는 구석이 있다.

"하지만 그러네요. 신용할 수 있는 사람인가요……."

쿠로라면 그야말로 하나도 불만이 없었다.

그는 자신의 시련에 도전하고 있다. 늦어지고는 있지만 히나코는 괜찮았다. 살아서 돌아오리라 의심하지 않으니까 충분히 시험받고 강해지면 된다.

히나코 또한 자신의 시련을 도전해야 한다.

하지만 쿠로와 달리 자신에게는 도움이 필요한 것도 안다. 쿠로가 무리라면 히나코가 고를 사람은——.

"히나, 이런 곳에 있었어?"

"응……?"

느닷없이 들린 목소리에 히나코가 돌아보았다.

마당 너머에서 두 사람이 다가온다.

그중 한 사람은 히나코가 잘 아는 인물이다. 지금 바로 떠올렸던 인물——세피였다.

"아앗, 세피야랑 세피야의 가슴이다!"

"거기를 나눌 필요가 있어?!"

세피가 몸을 내밀고 린네에게 핀잔을 주었다.

히나코는 갑작스러운 전개에 어안이 벙벙했다. 늘 멍하니 있지만.

세피는 여름방학인데도 검 학원 하복 차림이다. 애검 성붕을 한쪽 팔에 안고 있다.

"저기 세피? 다시 집에 연금된 거 아니었나요?"

"히나, 오랜만——도 아니네. 언니의 허가가 나서 바깥으로 나왔어."

세피는 히나코에게 생긋 웃었다.

지난번 태양의 소녀 고향에서 만났을 때는 연금되었던 탓인지 조금 우울한 모습도 보였지만 지금은 기운이 가득하다. 평소의 세피였다.

"세피의 가슴을 만난 건 좋지만 그쪽 사람은 뭐야? 강해 보이는데 내 목숨을 가지러 온 살인청부업자?"

린네가 세피 뒤에 선 여성을 뚫어지게 바라본다.

나이대는 히나코와 그리 다르지 않을 것이다.

검은 머리카락을 포니테일로 묶었다. 이목구비가 단정하고 눈이 늠름하다.

늘씬한 체형에 하오리 같은 낙낙한 푸른색 겉옷을 입고 있다. 하의는 무릎까지 내려오는 하얀 치마 차림이다. 허리에는 가는 장검을 찼다.

"아아, 인사가 늦었군요. 저는 칠검 중 한 사람 '천검' 소샤입니다. 아가씨에게 이야기는 들었죠. 당신이 사형사 린네 씨로군요."

"으응, 지금은 보다시피 메이드야."

린네는 상대가 칠검이라고 들어도 동요하지 않는다. 히나코도 깜빡하곤 하지만 역시 사형사 중 한 사람이다.

"……그렇군요. 사형사와 만나는 건 처음이지만 대단하군요. 얼핏 허점투성이로 보이는데, 어떻게 공격하면 될지 알 수 없어. 신비한 아이입니다."

"언니, 생각이 지나친 거 아닐까."

"좋은 충고군요. 검 성당의 사범을 하고 있어도 남에게 배울 점은 있는 듯합니다."

소샤는 기분 나빠하는 구석도 없이 생긋 미소 지었다.

히나코에게 칠검이란 '소디 중에서 이상한 사람을 엄선한 자들'이라는 인상이지만 소샤는 정상으로 보인다.

"으—음, 그런데 로우는 뭐하고 있어? 설마 이런 시골에서 새로운 여자애 꽁무니를 따라다니는 건 아니겠지?"

세피가 우물쭈물 말했다.

여자애 꽁무니를 따라다닌다니 아가씨인 세피에게 어울리지 않는 말투지만 그녀는 의외로 거리낌이 없다.

"이 마을에는 그놈의 스트라이크존에서 벗어난 늙은이밖에 없지. 요전에도 본 여자애로구나. 실피의 여동생인가."

마당에 면한 툇마루에 대검성이 귀찮다는 듯한 얼굴을 하고 나타났다.

세피가 깜짝 놀라 등을 꼿꼿하게 폈다.

"앗, 예. 세피입니다. 대검성……님이지요. 요전에는 인사도 하지 못하고."

웬일로 세피가 공손하다.

소디 정부의 정점, 사장가의 아가씨라지만 70년 전의 대전 영웅인 대검성에게는 예의를 차려야 하는 모양이다.

"인사 따위 필요 없어. 뭐야, 너는 분명…… 당대 천검인

가. 몇 년 전쯤에 이 마을에 온 적이 있었던가."

"예, 오랜만에 뵙습니다. 대검성님, 건강해보여 다행입니다."

소샤도 등을 곧게 펴고 정중하게 인사한다.

"건강하기는. 아흔을 넘기면 여기저기 망가져. 너는……."

대검성은 소샤를 지그시 바라보고 입가를 살짝 일그러뜨렸다.

"음, 천천히 있다 가거라. 여기는 공기가 좋지."

"예, 감사합니다."

소샤는 미소를 짓고 고개를 끄덕였다.

히나코에게는 두 사람 사이에 말 이상의 대화가 있었던 것 같았다.

"서서 이야기하러 온 건 아니겠지. 린네, 마실 거라도 내주어라."

"그럼요!"

몸도 마음도 메이드가 되어버렸는지 린네가 의미 불명의 맞장구를 치고 기운차게 툇마루를 통해 집 안으로 돌아간다.

마음에 걸리는 점은 여럿 있지만——히나코는 세피가 와준 것에 스스로도 놀랄 정도로 안도했다.

"그래, 그런 일이 있었구나……."

히나코가 태양교의 사자를 만난 뒤의 이야기를 마치자 세피는 얌전히 고개를 끄덕였다.

쿠로가 송곳니의 길이라는 가혹한 시련에 도전한 것, 히나코가 부모와 대면하려 하는 것이 세피에게는 무거운 사실로 전해진 것 같다.

"아가씨, 너무 신경 쓰지 마세요."

소샤는 린네가 내온 주스를 마시면서 말했다.

여기는 대검성 저택의 거실이다. 전자제품과 게임기 등이 갖추어져 있어 아흔 살 노인의 집 같지 않다.

현대 문명과 별로 접촉하지 않고 자란 히나코에게는 상당히 신기한 방이기도 하다.

"송곳니의 길은 확실히 혹독하겠지만 쿠로라는 아이는 효카 님의 제자지요. 천연덕스러운 얼굴로 나올 겁니다."

"하지만 닷새라고 하고 벌써 엿새째인데 나오지 않았어."

"빨라도 일주일은 걸리겠죠. 게다가 그는 인간입니다. 소디에게는 아무것도 아닌 일도 그에게는 장해가 될지도 몰라요. 시간이 걸리는 건 어쩔 수 없습니다."

"그, 그렇지만……. 위험도 큰 것 같고 괜찮을까……."

히나코는 어렴풋이 느꼈지만 세피는 상당히 걱정이 많은 성격이다.

생환율 1할의 시련에 쿠로가 도전했다는 이야기를 들으면 제정신이 아닐 것이다.

"쿠로야는 괜찮대도. 그보다 문제는 히나야야. 이제 시간이 없는걸."

메이드답게 방 한쪽에 서서 대기하던 린네가 웬일로 제대로 된 말을 했다.

"사검사의 말이 맞아요. 지금은 태양의 소녀가 가장 중요합니다."

"…………?"

히나코는 고개를 살짝 갸웃했다.

천검 소샤가 어째서 처음 만난 히나코를 신경 쓰는가. 설마 부모자식의 감동의 대면을 기대하는 것은 아닐 텐데.

"제가 동행하는 것이 가장 안전하겠지만 태양의 소녀도 막 만난 저에게 중요한 국면을 맡기지 못하겠죠. 아가씨, 당신께서 가주십시오."

"어어, 내가――괜찮겠어?!"

세피가 기세 좋게 소샤를 돌아보았다.

"음―, 잠깐만. 애초에 세피는 뭐하러 여기에 온 거야? 쿠로야가 그리워진 건 알겠지만 그것만이라면 천검 씨랑 오지 않았겠지."

"그, 그리워질 리가 없잖아."

세피는 린네를 힐끗 노려보았다.

"나는 지금 소샤와 수행 중이야. 진짜로 날마다 한숨도 자지 않고 꽉꽉 쥐어 짜이고 있어……. 벌써 엿새나……."

"아가씨는 소디니까요. 며칠 자지 않아도 죽지는 않습니다."

"그보다 잠들었다가 소샤에게 무슨 짓을 당할지 알 수 없잖아……."

세피는 어째서인지 얼굴을 붉히고 자신의 가슴을 감추려는 듯한 동작을 했다.

"저희는 정식 사제는 아니지만 함께 훈련하고 있으니 다소의 스킨십이 있어도 괜찮지 않습니까."

"어디가 다소야! 가슴을 주무르고 욕실에 난입하고, 게다가 한판 뺏길 때마다 하나씩 벗기라든가 훈련을 구실 삼아——."

"세피는 또 변태의 먹잇감이 된 건가요?"

히나코는 날마다 쿠로에게 희롱당하던 친구를 향해 연민의 시선을 보낸다.

"응, 유감이지만 그래……. 어쩌다 이런 별 아래에 태어난 걸까……."

소디는 검을 사랑하는 종족. 여성끼리의 연애도 드물지 않지만, 세피는 그쪽에 흥미가 적다.

"아니, 그런 이야기가 아니었지. 소샤, 정말로 내가 히나와 함께 가도——괜찮아?"

"그것도 수행의 일환입니다. 태양의 소녀도 함께 간다면 아가씨가 좋지 않을까요?"

"세피가 좋습니다. 세피, 정말 좋아합니다."

"잠깐만, 히나?!"

히나코의 거리낌 없는 말에 세피가 깜짝 놀란다.

"히나야, 나랑 세피 어느 쪽을 고를 거야?!"

"복잡해지니까 린네는 빠져 있어!"

세피가 이번에는 린네에게 버럭 소리친다.

"사형사의 농담은 둘째 치고 말이죠. 이야기가 계속 탈선하지만 저희가 이곳에 온 이유는 쿠로라는 아이를 만나기 위해서입니다. 아가씨는 필사적으로 수행했지만 아무래도 이따금 산만해지는 것 같으니까요."

"그, 그렇지 않아. 애초에 아무리 연습이라도 소샤를 상대로 집중하지 않았다가는 진짜로 목이 달아나잖아."

"사랑이 어쩌고는 차치하죠. 다만 아가씨는 쿠로 씨가 신경 쓰여서 견딜 수 없는 것 같았으니까요. 그와 검을 겨뤄보는 게 좋은 경험이 될 거라 생각해서 이곳에 데려온 겁니다."

소샤는 담담히 말했지만 이야기하는 내용은 무시무시하다.

일부러 쿠로와 세피를 대결시키기 위해 토쿄 소디아에서 검선중 마을까지 왔다고 하니까.

"뭐, 뭐어, 있잖아…… 나, 로우에게는 연전연패니까. 그 녀석을 쓰러뜨리면 꽤 자신감이 붙지 않을까 해서……."

세피는 우물우물하면서 말했다.

히나코에게는 오늘의 세피는 씩씩하지만 조금 이상하게 보였다.

쿠로의 이야기를 할 때 상태가 이상하다. 그와 무슨 일이 있었던 걸까.
"아무튼 나는 로우랑…… 대결이라고 하면 거창하지만 연습을 하러 왔어. 하지만 없다면 어쩔 수 없고……. 게다가 히나도 내버려둘 수 없어."
"네, 저는 내버려두면 죽습니다."
히나코는 별로 우습지도 않은 말을 딱 잘라 말했다.
"그리고 세피가 함께 가준다면 진심으로 기뻐요."
세피는 쿠로와 천검에 비하면 실력이 떨어질지도 모른다.
그래도 히나코에게 세피는 정말로 믿음직한 존재다.
"그나저나 천검. 정말로 사장가의 꼬마 아가씨를 보내도 되나? 우리 멍청한 손제자는 태양교가 어떤 덫을 설치했을지 모르기 때문에 송곳니의 길에 들어간 게다. 손제자에게도 미치지 못하는 계집애를 보내는 건 위험해."
"어라, 할멈이 쿠로를 보낸 게 아니었어……?"
린네가 지적했지만 대검성은 가볍게 무시했다.
"아가씨에게도 시련이 필요합니다. 저와 연습하는 것만으로는 깨우치지 못하는 것도 있겠죠. 대검성님, 당신이라면 아실 겁니다."
"……흥. 뭐, 본인들이 납득한다면 그걸로 됐겠지. 태양의 소녀, 괜찮겠지?"
"네, 세피와 함께 가겠습니다."
히나코는 망설임 없이 대답했다.

세피도 그 모습을 보고 생긋 웃는다.

"그럼 결정됐네. 내가 히나랑 갈게. 연락을 기다려야 하지?"

세피가 그렇게 말한 것과 동시에——히나코의 주머니에서 휴대폰 벨소리가 들렸다.

"……굉장한 타이밍이네요."

히나코는 태양교의 사자들에게 받은 폴더폰을 꺼내서 열었다.

주변에서는 늘 무표정하고 감정이 적다고 생각하는 것 같지만 자신은 결코 냉정하지 않다는 걸 히나코는 알고 있다.

심장 박동이 아주 조금 빨라졌다.

"히나."

세피가 히나코의 어깨에 손을 탁 얹었다.

히나코는 세피를 바라보고 고개를 한번 끄덕이고 나서 휴대전화를 귀에 댔다.

"……여보세요."

이제 와서 물릴 수는 없다.

세피가 같이 가준다고 했고——쿠로도 히나코를 위해 애써주었으니까.

"허억, 허억, 허—…………."

쿠로는 두꺼운 나무기둥에 기대 필사적으로 숨을 가다듬었다.

검집에서 뽑은 일본도는 오른손과 검자루를 붕대로 감아 떨어뜨리지 않도록 했다.

체력은 이미 한계에 가깝고 방심하면 검을 떨어뜨려버릴 것 같기 때문이다.

"벌써 며칠이 지난 걸까……."

쿠로는 이미 날짜를 알 수 없게 되었다.

하얀 환영——환상의 마나타와 잇따라 나타나는 검은 검사, 그리고 평범한 덫에 농락당해 너덜너덜해진 탓이다.

날마다 일몰과 일출은 확인했건만 시간 감각이 완전히 사라졌다.

어쩌면 벌써 닷새는 지났을지도 모른다.

초조함으로 피로는 더욱 짙어진다.

"오빠, 앉아서 쉬세요. 안색이 시커매졌어요. 쉬지 않으면 정말로 죽어요. 죽으면 오빠가 엄청 좋아하는 성희롱도 할 수 없어진다구요."

"……엄청난 설득력이로군. 납득해버릴 것 같아."

쿠로는 옆으로 다가붙은 리제에게 힘없이 미소를 지었다.

리제는 우울한 표정으로 쿠로의 얼굴을 살며시 만진다. 작은 찰과상이 리제의 손가락에 닿으면 깨끗하게 아물었다.

"작은 상처라면 제 술법으로 금방 낫지만…… 체력까지는 회복할 수 없으니까요."

"상처가 낫는 것만으로 충분해. 마나카와 사라에게 당한 상처도 아문 것 같고.”
쿠로는 붕대를 감은 이마를 통통 두드렸다.
휴식할 때마다 리제가 달라붙어 치유 술법을 써준 덕에 송곳니의 길에 들어오기 전부터 있던 상처도 회복하고 있다.
“그런데 거기 로리콘 후배.”
뇌랑아를 지팡이 삼아 근처에 서 있던 이슈트가 매섭게 노려본다.
쿠로는 움츠러들지 않고 이슈트를 똑같이 노려보았다.
“이만큼 귀여우면 로리콘도 될 수 있는 거지?!”
쿠로는 리제의 몸을 꼭 끌어안으며 역설했다.
리제의 몸은 가녀려 보이지만 부드럽고 가슴에서도 약간의 탄력이 전해진다.
“앗, 저기 오빠…….”
리제는 당하는 채로 쿠로에게 안겨 얼굴을 새빨갛게 붉혔다.
“이봐, 드디어 로리콘을 인정한 건가. 너, 수비 범위가 너무 넓잖아.”
“회장에게만은 듣고 싶지 않군……. 하지만 회장에게는 하지 않아.”
쿠로는 리제의 작은 몸을 더욱 강하게 끌어안는다.
“오, 오빠…… 그렇게 세게 안으면…… 아무리 그래도 좀 부끄러워요…….”
“꼬물거리니까 더 귀엽군.”

“불에 기름을 부어버렸나요…….”

“아니, 나도 로리콘은 전혀 없었는데 말이지. 취향은 고작해야 세 살 위나 아래 정도고, 가슴이 빵빵한 애가 좋지만 리제와는 몇 번이나 함께 자기도 하고 찰싹 붙어 있기도 했으니까. 어쩐지 이 우유 같은 달콤한 향기와 탄력 있는 피부 감촉에 맛이 들어버렸어. 이제 떼놓고 싶지 않아.”

“엄청나게 열정적인 고백을 받았어요!”

리제가 깜짝 놀라 쿠로의 품 안에서 바둥거린다.

과연 블레이즈는 블레이즈라, 몸집은 작아도 단순한 힘은 쿠로보다 위다.

“열정적이랄까 변태적이랄까. 이 상황에서 잘도 새로운 성벽에 눈 뜰 수 있구나. 너 절대로 죽을 것 같지 않아.”

이슈트는 진심으로 질린 모양이다.

그런 이슈트도 너덜너덜해졌지만 무사한 것 같다.

왼팔의 상처는 나았지만 그 뒤에도 몇 번인가 부상을 입었고 최근 며칠 동안 소화했던 가혹한 전투를 생각하면 서 있을 수 있는 것이 신기할 정도다.

“하지만 이 정도의 능욕은 어쩔 수 없습니다. 오빠가 저를 일방적으로 지켜주고 있고…….”

“능욕을 좀 더 진행해도 돼?”

“가, 가슴 정도라면…….”

“어이 어이 어이, 당당하게 소녀를 유린하지 마. 나도 끼워줘.”

"회장도 상당히 쓰레기야."

쿠로는 겁먹은 리제의 머리를 쓰다듬으면서 지적했다.

"흠, 지키면서 싸우는 것도 좋은 훈련이 되겠지."

실제로 쿠로는 리제가 방해물이라고 생각하지 않는다. 리제는 쿠로를 만나러 왔다가 이곳까지 와버린 것뿐이니까.

지켜주는 건 쿠로의 역할이다.

"리제에게는 몇 번이나 치료받은 빚이 있어. 반드시 이곳에서 무사히 내보내주겠어."

"네……. 도움을 받고 또 이런 부탁을 하니 괴롭지만……."

리제는 진심으로 면목 없다는 듯이 눈을 내리깔았다.

그녀가 쿠로를 찾아온 이유는 정말로 그 '부탁' 때문이었다.

리제와 재회한 뒤, 환영과 검은 검사들을 따돌리고 한숨 돌릴 때 그녀는 이렇게 말했다.

"블레이즈를 구해주세요!"

그것이 절실한 말이라는 건 쿠로도 그 자리에서 이해했다.

리제의 말로는 쿠로도 아는 넷사라는 블레이즈가 일부 무투파를 이끌고 소디 정부와 싸우려 하고 있다는 듯하다.

블레이즈는 지휘관이었던 사라의 행방을 알 수 없어진 탓에 움직임이 조용해졌지만 또다시 무모한 전투를 시작하려 한다는 것이다.

아무리 블레이즈가 소디 안에서도 강인한 부족이라 해도 일국의 정부를 상대로 이길 가능성은 제로에 가깝다. 리제는 동포의 피가 흐르게 될 사태를 우려하고 있다.

"내가 뭘 할 수 있는지는 모르겠지만."

쿠로는 블레이즈가 불온한 움직임을 보일 경우 섬멸해야 하는 입장이다.

다른 사람도 아닌 그 자신이 블레이즈를 공격해야 한다.

하지만 쿠로는 리제의 치유 술법 덕분에 사라와의 전투에서도 목숨을 건졌다고 믿고 있다. 그 빚은 갚아야만 한다.

게다가 리제 같은 귀여운 소녀의 부탁이라면 들어주고 싶어지는 법이다.

"나도 섣부른 말은 하지 못할 입장이지만 동료가 죽지 않기를 바라는 마음은 이해해. 실피 님께 되도록 말씀드려 볼까."

"고맙습니다, 언니!"

리제가 쿠로에게 안긴 채 얼굴을 살짝 움직여 명랑한 목소리로 말했다.

문득 쿠로는 깨달았다.

이슈트는 인간의 피가 섞였으니까 히나코나 아카리에게 무르다고 생각했다. 그러나 사실은 상대가 누구든 상냥한 게 아닐까. 적인 블레이즈에게도 마음을 쓰는 건 이슈트의 성격 때문이겠지.

물론 히나코나 아카리, 리제가 희귀한 미소녀라서 마음이 약해졌을 뿐인지도 모르지만.

"그렇지만 그것도 이곳을 먼저 나가야 해. 대체 언제 나갈 수 있는지……."

나약한 말처럼 들리는 발언이었다. 이슈트도 보기보다 기운이 넘치지는 않는 듯하다.

"계속 산길을 왔다 갔다 했으니까. 어디에 출구가 있는지 애초에 출구란 게 있기는 한지."

리제는 자신도 모르는 사이에 헤매다 들어온 모양이다.

여기는 정규 입구가 아닌 곳에서 들어올 수는 있어도 나갈 수 없는지도 모른다.

쿠로는 생각에 잠기며 리제의 몸을 들어 올려서 꽉 끌어안는다.

"아, 저기, 오빠…… 슬슬 놔줘요…… 그리고 저도 더럽고……."

"그러고 보니 요새 씻을 여유조차 없었구나……."

이슈트는 더러운 자기 몸을 보고 끔찍한 표정을 지었다.

"바로 저기에 계곡이 있었어. 회장이랑 씻고 오지 그래?"

쿠로는 하얀 환영이나 검은 검사들의 출현 패턴을 대강 눈치챘다.

지금까지 패턴을 고려하면 앞으로 한동안 공격하지 않을 것이다.

"그럼 그 말에 따를까. 리제, 가자. 아, 소년. 훔쳐보지 말라고는 안 하겠는데 소녀를 상처 입히지 않도록 몰래 봐."

"저기, 저는 당신보다 나이가 많은데요……. 그리고 훔쳐보는 건 몰래도, 당당히도 곤란한데요……."

리제는 힘없이 항의했다.

리제는 아무리 봐도 십 대 초반으로 보였지만 스무 살은 확실히 넘은 것 같다. 그런 것치고 알맹이도 어린애지만.

"됐으니까 가자. 나도 이제 수치심 따위 신경 쓰이지 않아."

이슈트는 리제를 반쯤 끌고 가듯이 계곡으로 걸어갔다.

쿠로는 쫓아가서 훔쳐볼 마음은 없었다. 상황을 생각하지 않는 건 그의 나쁜 버릇이지만 아무리 그래도 야단법석을 연기할 체력이 없다.

"후우——……."

두 사람의 모습이 사라지고 쿠로는 한숨을 쉬었다.

먼저 쉬기로 하고 붕대를 풀고 일본도를 검집에 넣는다.

수통의 물을 마시고 막대기 모양 휴대 식량을 와작와작 씹는다.

하얀 환영은 마나카, 사라, 린네, 네나로 잇따라 모습을 바꾸어 공격했다. 최근에 만난 강적뿐이지만 죠가 들어 있지 않은 건 그가 '검사'가 아니기 때문이리라.

"그 아저씨라면 거리낌 없이 두 쪽 낼 수 있는데."

하기야 쿠로는 환영을 상대로 거리끼지 않았다. 아무리 베도 그 환영은 모습을 바꾸어 다시 나타난다.

"이대로는 끝이 없어…… 그보다……."

환영이 나타나는 **근본**을 잘라내지 않으면 언제까지고 공격해올 것이다.

혹시 그것이 송곳니의 길 **달성 조건**이 아닐까.

"오, 오빠—!"

"……천사?"

쿠로는 갑작스러운 목소리에 멍청한 반응밖에 하지 못했다.

나무 사이를 지나 새하얀 피부의 너무나 사랑스러운 생물이 달려왔다.

투명해 보이는 신비한 색깔의 머리카락은 젖었고, 나체에 하얀 가운 한 장만 걸쳤다. 흰 가운 앞이 벌어져서 자그마한 가슴의 곡선이 훤히 보였다.

게다가 그 아래는 더욱 아슬아슬하다——.

"야, 뭐 하는 거야, 리제."

"언니가! 언니가 하얀 사람들에게 둘러싸였어요!"

"뭐어?!"

쿠로는 놀람과 동시에 이미 일어나 달려갔다.

넘어질듯이 단숨에 달려가 계곡에 도착한다.

"회장! 무사해?"

"……그 판단은 너에게 맡길게."

이슈트는 어째서인지 웃으면서 대답했다.

그녀는 뇌랑아를 들고 있다. 리제와 마찬가지로 옷을 입을 여유가 없었는지 블라우스 단추가 거의 다 풀어져 있고 브래지어도 입지 않은 듯하다. 치마는 입었지만 아무리 봐도 허둥지둥 최소한의 복장만 갖춘 느낌이다.

그런 이슈트 주변에 하얀 환영 여섯이 둘러싸듯 서 있다.

"패턴을 바꿨나. 많이도 준비했구나!"

쿠로는 다시 달렸다.

이슈트는 평소 같은 말투지만 블라우스 옆구리에 피가 배었다. 큰 출혈은 아닌 듯하지만 지칠 대로 지친 상태에서의 부상은 치명타가 되기 쉽다.

"…………윽!"

쿠로는 달리면서 흠칫 놀랐다.

쿠로 앞에도 그림자 여섯 개가 나타났다.

마나카, 사라, 린네, 네나에 더해 절검 슈나크에 검왕 지넬이다.

네나는 그나마 낫다 쳐도 다른 다섯 명은 일대일로도 맞서기 어려운 달인들이다.

쿠로는 일본도 검자루를 꽉 쥐고 빨라진 심장을 진정시킨다.

"물러나 있어, 리제!"

리제가 좇아온 건 알고 있다.

환영들은 무방비한 리제는 공격하지 않았지만, 만약 쿠로와 이슈트가 당하면 어떻게 될지 예상할 수 없다.

히나코를 위해, 리제를 위해, 그리고 자신을 위해. 질 수는 없다.

"그래도 그렇지……. 어떻게 이만 걸 상대하라는 거야!"

쿠로는 일본도를 뽑지 않은 채 환영 검사들의 움직임을 읽고 재빨리 그녀들 사이를 빠져나갔다.

"어이쿠우!"

사라가 몸을 돌려 검을 내려쳤다. 재빨리 검을 빼 튕겨 내고——.

다음 순간에는 검을 집어넣고 사라의 옆을 빠져나가 단숨에 이슈트 곁으로 갔다.

"회장!"

쿠로는 태클하듯이 이슈트의 허리를 잡고 하얀 환영 사이를 빠져나가듯 달린다.

"소년! 이 녀석들을 쓰러뜨려야 해! 이건 시련이다!"

"이길 수 있을 때 싸우는 게 철칙이야!"

쿠로는 다짜고짜 달려간다.

이슈트가 진심으로 저항하면 데리고 도망치지 못하겠지만 그녀가 잠자코 끌려가는 이유는 쿠로의 말이 옳다고 이해했기 때문일 것이다.

"읏차……!"

이번에는 쿠로 앞에 마나카가 나타난다.

게다가 두 검을 들고 고속이동을 시작해——일곱 명으로 분열했다.

마나카의 오의인 난무희(亂舞姬)다.

쿠로는 이슈트의 몸에서 떨어져, 검을 쥔 오른손을 축 늘어뜨리고 그 자리에서 기다렸다.

가짜의 오의 따위——진짜 마나카를 이긴 자신에게는 문제가 되지 않는다.

"후읏……!"

구천성참도 화산난격도 필요하지 않았다.

다만 난무희가 쿠로의 머릿속에 그때의 자신의 검을 떠올리게 했다.

마나카의 한계를 뛰어넘은 고속이동이 일곱 명의 분신을 뛰어넘어 모습이 사라져버릴 정도의 경지에 이르고——쿠로는 보이지 않는 그녀를 향해 검을 휘둘렀다.

그때와 같은 칼 솜씨를, 마나카가 이끌어준 그 검을——.

그 순간, 쿠로의 머리에서 모든 것이 소실되고——그저 아무것도 생각하지 않고 검을 상단으로 쳐내렸다.

"뭐야……?!"

놀란 이슈트의 목소리가 쿠로를 현실로 돌아오게 했다.

그때는 쿠로가 검을 끝까지 휘두르고——비스듬히 벤 마나카의 몸이 흐려지며 소멸해가는 참이었다.

"……정말로 악취미로군."

그렇게 중얼거린 쿠로는 바로 제정신을 차리고 이슈트의 손을 끌며 다시 달렸다.

"이봐, 소년. 그 검술은 뭐야……? 아무래도 이상한 느낌이었는데……."

"나도 몰라! 리제, 따라와! 하얀 놈들에게는 다가가지 마!"

물론 리제를 신경 쓰는 것도 잊지 않았다.

쿠로는 이슈트를 보지 않고 계속 달렸다.

달리기를 십 분여——.

쿠로와 이슈트는 산속 강가에 이르렀다.

십여 미터 높이의 폭포와 용소도 있다.

쿠로는 이슈트의 손을 놓고 뒤로 돌았다.

"회장, 복부 상처는 괜찮아?"

"그래, 별거 아니야. 피는 벌써 멈췄어."

"그래……. 그래도 쉬고 있어. 리제가 아직 오지 않았군. 잠깐 상황을——."

바로 되돌아가려던 쿠로는 무언가를 눈치챘다.

살기——아니 다르다, 강렬한 **악의** 같은 것이 감돌았다.

"소년…… 너도 알아챘나."

"그래, 저건…… 뭐지?"

쿠로와 이슈트는 그 악의가 어디에서 느껴지는지 금세 알아챘다.

용소 중심 부근에 튀어 나와 있는 바위. 거기에 검 한 자루가 꽂혀 있다.

"바위에 꽂혀 있는 것만으로도 굉장한데 저거 뭔가 이상해……."

쿠로는 그 검을 빤히 바라보았다.

양날의 장검으로 검자루도 도신도 새카맣다. 날밑은 마치 악마의 깃털처럼 디자인되어 있고 전체적으로 몹시 불길하다.

검에서 검은 파동 같은 것이 뿜어져 나오는 것 같기도 했다.

조금 전까지의 전투 따위 완전히 머리에서 날아가버렸다. 아마 이슈트도 마찬가지일 것이다.

"뭔지 모르지만 위험해……. 여기서 멀어지는 편이 좋지 않겠어?"

"도망치기만 하는 것도 문제라고 생각하지만 동의한다. 저런 기분 나쁜 검은 본 적이 없어……."

"그래…… 얼른 리제랑 합류하고 여기를 뜨자."

쿠로는 일본도 검자루를 잡으면서 슬금슬금 뒤로 물러난다.

아니, 새카만 검에는 가까이 다가가고 싶어도 다가갈 수 없다. 검과 쿠로 사이에 보이지 않는 벽이 있는 것 같다.

게다가 그 벽이 서서히 자신들에게 다가오는 것 같은 압력도 느껴진다.

"저건――요검(妖劍)이네요."

"뭐……?"

갑자기 쿠로와 이슈트 사이에 리제가 끼어들었다.

백의 한 장만 걸친 흐트러진 차림 그대로다.

리제는 그대로 두 사람 사이를 지나 성큼성큼 용소로 다가간다.

"기, 기다려, 리제! 검에 다가가면 안――되는데 어떻게 다가갈 수 있지?"

"요검은 이른바 '술법을 쓰는 검'입니다. 소디아에서도 잃어버린 고대의 금속으로 만든 검이죠. 오랜 기간 피를 빨아들이고, 술법 발동장치로 사용되어——**마**(魔)를 띤 겁니다."

리제는 멈추지 않고 계속 걸어가 용소에 발을 디뎠다.

"70년 전, 하늘의 문이 닫힌 뒤에도 블레이즈 이외의 소 디라도 한동안 술법은 사용했습니다. 그 무렵 검선중들이 이 송곳니의 길을 만든 거죠. 검선중들은 저 바위에 요도를 꽂고 술법으로 봉인하고는——송곳니의 길 시련으로 환영을 만드는 능력을 상시 발동시켰군요."

리제는 설명하면서 용소를 나아간다.

얕은 용소인지, 작은 체구의 리제도 허리 부근밖에 잠기지 않았다.

"본디 칠검급을 상대한다면, 인간은 강력한 '광'때문에 서 있을 수가 없습니다. 하지만 당신은 태연하게 칠검들과 싸웠죠."

"응? 그야 그렇지만."

돌아보지 않고 말한 리제의 말에 쿠로는 당황한다.

"당신이 거의 무의식으로 '광'을 받아넘기듯이 이 요기도 요령만 익히면 피할 수 있습니다. 당신이라면 얼마 걸리지 않을 겁니다."

"리제……?"

뭐지, 쿠로는 강한 위화감을 느꼈다.

리제의 말투가 평소과 다르다. 성격도 미묘하게 변해버린 것처럼 들린다.

당황하는 쿠로 앞에서 리제는 양 갈래로 묶은 머리를 스윽 풀었다.

기다란 머리카락이 바람에 하늘하늘 흔들린다.

"오빠, 조금 전 일격은 훌륭했습니다. 결코 강하지도 빠르지도 않지만 물 흐르듯이 군더더기 없이——아뇨, **아무것도 없는** 진공 같은 일격. 소디는 절대로 쓸 수 없는 검이었어요. 정말로 굉장했습니다. 제가 눈을 뜰 정도로——."

"어이, 리제, 뭐하는 거야……!"

불쑥 리제가 돌아보았다.

자신을 향한 리제의 눈에——쿠로는 오싹한 한기가 훑는 걸 느꼈다.

평소의 상냥하고 작은 동물 같은 동그란 눈과는 전혀 달랐다.

마치 잘 연마한 검날 같은 날카로운 시선이었다.

"리제……!"

리제는 다시 쿠로에게 등을 돌리더니 용소 안을 더욱 나아가 검이 꽂힌 바위 앞에 섰다.

"오랜만이네요, 요검 샤라사잘. 송곳니의 길의 '핵'으로 쓰이고 있었다니."

리제는 그런 말을 하고 검은 검의 검자루를 아무렇게나 쥐었다.

그러고는 힘을 꾹 주어 단숨에 뽑는다.

"뭣……! 뭐 하는 거야, 리제!"

검은 검에서 라슈의 광인 같은 칠흑의 연기가 피어올라 리제의 몸을 휘감는다.

“젠장! 이게 뭐야, 맙소사!”

쿠로는 검자루를 쥐면서 달린다.

보이지 않는 벽이 있는 것 같은 압력은 사라지기는커녕 강해졌지만 억지로라도 밀고 나아가는 수밖에 없었다.

“리제! 빨리 그 검을 버려! 이쪽으로 와!”

“예, 가죠——.”

리제는 가볍게 뛰어올라 물보라를 일으키며 용수에서 물가로 착지했다.

검은 검을 쥐고 쿠로에게 등을 돌렸다.

“이건……!”

쿠로는 그 모습에 강렬한 기시감을 느꼈다.

그것도 아주 최근 기억이 자극받았다——거기까지 떠올리면 이제 대답에 이르기는 간단하다.

“그 사진에…… 찍혔던…….”

태양의 소녀 고향에서 발견한 다섯 명의 여성이 찍힌 사진 한 장.

젊은 날의 대검성, 세피의 증조모 라나피, 선대 태양의 소녀에 문의 무녀, 그에 더해 또 한 사람, 작게 찍힌 인물이 있었다.

뒷모습이어서 머리가 길고 장검을 들었다는 것밖에 알 수 없었다.

지금의 리제는 그 인물을 닮았다——아니, 판박이라고 해도 틀림이 없다.

하지만 70년 전에 찍힌 사진이다.

"……세피와 히나코도 그 사진에 찍힌 선대와 판박이었으니까……. 리제, 네 선조도 역시 대전에 참가했던 거야?"

"아쉽지만 저는 블레이즈의 의사가 거두기 전까지의 기억이 없어요."

리제는 미소 지으면서 그렇게 말하더니.

쿠로를 향해 오른손에 쥔 검을 가볍게 휘둘렀다.

"아, 아아…… 아아아아아…… 요검 샤라사잘…… 당신은 여전히 멋지군요……."

"그렇다면 어떻게 그 검을 알고 있지!"

리제는 아무런 대답도 하지 않았다.

검은 검에서 피어오른 연기가 안개처럼 변해 리제 주위에서 춤춘다.

저건 리제지만 리제가 아니다——!

"웃기지 마! 나의 귀여운 리제를 돌려줘!"

쿠로가 몸을 가볍게 구부려 힘을 모았다가——달려 나가려 했을 때.

리제는 다시 뛰어올라 쿠로를 향해 요검을 내려쳤다.

"앗……!"

저도 모르게 쿠로의 몸이 굳었다.

그만큼 리제의 참격은——너무나 완벽했다.

빠르기와 강함, 그리고 무게——이것밖에 없다 할 정도로 완벽한 검술.

어쩌면 검성 효카나 사라보다도——.

“소년!”

이슈트가 몸으로 직접 부딪칠 기세로 쿠로에게 덤벼들어 두 사람은 그대로 땅바닥을 굴렀다.

리제가 내려친 요검은 날카로운 소리와 함께 땅바닥에 꽂히며 깊은 균열을 새긴다.

타로와 이슈트는 몇 미터를 구르고 금방 자세를 바로잡았다.

“멍하니 있지 마, 소년! 이제 알았겠지, 얘는 리제가 아니야!”

“아, 아아…….”

고개를 끄덕이면서도 쿠로는 아직 동요가 잦아들지 않았다.

리제의 참격은 너무나도 성숙했다. 효카와 사라를 떠올렸지만 그보다도 대검성의 검에 가까울지도 모르겠다.

아무리 재능이 있어도 손에 넣을 수 없는, 오랜 시간을 들여 연마한 기술이다.

요검이 무슨 나쁜 짓을 하고 있는 건가, 아니면——.

“……이봐, 회장. 죽이지 마 부수지 마는 아는데, 한 가지는 까먹은 걸로 할게. 아마도 저 망할 검 탓에 리제는 저렇게 된 거야. 깨부수지 않으면 마음이 안 풀려.”

"동감이야."

이슈트는 쿠로 옆에 나란히 서서 뇌랑아를 내지르듯이 잡는다.

쿠로도 평소의 중단 자세를 취하고 힘을 천천히 뺀다.

조금 전 환영 마나카를 베었을 때를 떠올리면——누구에게도 지지 않는다.

아니, **누구든 이길 수 있다**

"두 사람 다 좋은 자세입니다. 이 요기에도 겁먹지 않고 맞서는 것만으로도 대단해요. 송곳니의 길 시련을 헤쳐 나온 검사가 두 사람. 이 요검을 상대로 부족함은 없겠죠."

"리제의 입으로 헛소리를 지껄이……!"

리제는 쿠로가 말을 마치기도 전에 움직였다.

"치잇……!"

쿠로는 고류로 리제의 일격을 처리했다.

팔이 전격을 먹은 것처럼 심하게 저렸다.

"크윽……! 이게 뭐야……!"

이 녀석은 위험하려나, 하고 생각하면서도 쿠로는 식은 땀 한 줄기도 흘리지 않았다.

리제의 검이 지나치게 무겁다보니 공포심이 마비된 것 같다.

여태껏 몇 번이나 죽을 것 같은 경험을 해왔지만 이번에는 차원이 다른 것 같다.

하지만 저 요검을 어떻게든 하지 않으면 이슈트와 함께

죽는다.

리제를 구해내고 원래의 미소를 되찾아야 한다.

사쿠라이 히나코와 세피는 다시 토쿄 소디아에 있었다.

태양교 교주 측근에게 다시 연락을 받은 이튿날, 천검 소샤의 배웅을 받으며 토쿄 소디아 중앙특별구의 한 도시를 찾아왔다.

세피만이 아니라 히나코도 검 학원 교복 차림이다. 히나코는 학원 학생이 아니지만 이런저런 사정으로 교복을 착용하고 있다. 물론 좋아하는 복장이기도 하다.

세피는 성봉을 등에 메고 히나코도 활집에 선대 태양의 소녀의 활을 넣어 어깨에 짊어졌다. 두 사람 다 준비는 완벽했다.

시각은 오전 10시. 여름의 태양이 정점에 가까워지고 기온도 부쩍 올라갈 시간대다.

"우리, 로우가 납치당한 부근에서 왔다 갔다 하고 있네……."

세피는 몹시 불만스러워 보인다.

특히 세피의 경우는 토쿄 소디아에서 나가노의 검선중 마을로 갔다가 다시 토쿄 소디아로 되돌아오는 꼴이 되었으니 당연하다.

그렇지만 히나코도 불과 일주일 정도 전에 토쿄 소디아

에 있는 태양의 소녀 고향에 갔다가 검선중 마을로 돌아가, 다시 이곳으로 왔으니 '왔다 갔다'는 마찬가지다.

"그래서 여기가 맞는 거지?"

"네, 틀림없는 것 같습니다."

히나코는 태양교로부터 받은 휴대전화 화면을 보면서 대답했다. 폰 액정에는 메시지로 보낸 지도가 표시되어 있다.

그 지도에 태양교 교주와의 대면 장소가 적혀 있었다.

그곳은 '츠키무라 제약 주식회사'라는 제약회사 연구소였다.

부지는 상당히 넓고 건물이 여러 채 있는 듯하다.

두 사람은 정문 앞에 섰다. 철문은 굳게 닫혔고 문 옆에 경비실이 있지만 아무도 보이지 않는다.

천검 소샤와는 이미 헤어졌다.

동행은 한 명이라는 조건을 깨면 만날 약속이 깨질지도 모르기 때문에 토쿄 소디아에 도착하자마자 두 사람만 움직였다.

"하지만 제약회사라……. 요컨대 여기는 태양교와 연관이 있다는 건가."

"병기를 만드는 회사와도 연관이 있었으니까 이상하지는 않아요. 세피는 이 회사를 아나요?"

"아니, 전혀. 나는 약 같은 거 안 쓰니까."

튼튼하고 회복력이 좋은 소디라면 당연한 이야기다.

다만 소디도 약을 전혀 쓰지 않는 건 아닐 것이다. 회사명으로 보아 인간 회사겠지만 중앙특별구에 있어도 이상하지 않다.

"하지만 확실히 불가능한 일도 아니네. 에이징의 팔을 붙인 놈이며 약으로 조정당하는 사이보그도 있었지? 제약회사라면 실험 시설이 있어도 이상하지 않고……."

"제약회사를 핑계로 이상한 짓을 하는 걸까요. 정말로 태양교는 위험한 곳이에요……."

히나코는 회사 건물을 바라보면 불만을 말했다.

부모가 만든 조직이 위험한 일만 하는 걸 알면 복잡한 심경이 될 만하다.

"그 정도는 아니에요!"

"…………윽!"

갑작스러운 목소리에 세피가 재빨리 자세를 잡았다.

철문 너머에 여러 사람이 나타났다.

선두에 선 사람은 태양교의 수녀 복장을 한 소녀다. 검은색 긴 머리카락에 앞머리를 이마에서 일자로 잘랐다. 다른 수녀와 달리 베일을 쓰지 않았다.

방금 말한 사람은 그녀인 듯하다.

"……태양교 신도가 당당하게 이런 곳을 드나들어도 돼?"

"태양교에서는 특별히 약은 금지하지 않는답니다. 이상한 일이 아니죠—. 아, 자 어서, 개문 개문."

수녀 소녀가 손뼉을 짝짝 치자 문이 천천히 열린다.

문 너머에는 수녀와 하얀 로브를 두른 자들이 두 사람 있다.

세피는 눈을 슥 가늘게 떴다. 하얀 로브의 두 사람은 이상하게 기척이 옅다. 아마도 이야기로 들은 사이보그일 것이다.

"인사가 늦었습니다. 저는 오늘 안내역을 맡은 미츠키라고 합니다. 앞으로 기억해두시길 바랍니다. 아, 여러분의 자기소개는 필요하지 않습니다—. 태양의 소녀와 세피 아가씨로군요. 소디의 아가씨가 호위라니 뜻밖이었지만요."

"나를 단순한 아가씨라고 생각하지 않는 게 좋아."

"알아요—, **문의 무녀**. 자, 가시죠."

미츠키는 아무렇지도 않게 말하고 발길을 돌려 연구소 안쪽으로 걸어갔다. 사이보그 둘도 따라간다.

"……가자, 히나. 저 여자는 수상하지만 이제 와서 되돌릴 방법은 없으니까."

"네. 교주를 만나기로 한 건 저니까요——."

히나코는 세피보다 앞장서서 걸었다.

세피도 주위를 주의 깊게 경계하면서 히나코 옆에 나란히 섰다.

"그런데 저기 수녀님. 묻고 싶은 게 있는데."

"네, 뭐죠—?"

미츠키는 돌아보지 않고 세피에게 대답한다.

"어째서 태양교 교주는 갑자기 히나랑 만나려는 거야?

만나기 전에 그 정도는 알아두지 않으면 덫일 가능성을 버리지 못하겠어."

"덫일 가능성은 어떻게 해도 버리지 못하겠죠―."

"…………!"

뻔뻔하게 무슨 말을 하는 건가 싶어 세피는 미츠키의 뒷모습을 노려보았다.

"하지만 그러네요―. 여기까지 일부러 발걸음 하셨고, 그 정도는 가르쳐드리고 싶지만 저도 모른답니다―. 추측할 수는 있지만요―."

미츠키는 돌아보며 생긋 웃는다.

"아시죠, 미키하라 씨네 팀이 실피 의원의 수하 분들께 전멸당하지 않았어요? 죄는 미키하라 씨가 남자답게 뒤집어썼지만 말이죠. 멋져라―. 그건 그렇다 쳐도 태양교가 입은 손해는 컸어요."

미츠키는 어깨를 가볍게 으쓱했다.

"소디에게 거스를 기개가 있다는 것이 교단의 특징이었고, 거기에 기대하며 돈을 댄 지원자도 있고―. 그런데 엄니가 뽑힌 교단은 어떻게 할까? 다시 무장을 강화하나? 그 부분이 고민거리죠―."

"잠깐만, 이봐. 장황하게 얘기하는데 무슨 말이 하고 싶은지 모르겠어."

"아가씨는 성격이 급하군요―. 요컨대 교단은 결단을 강요받고 있어요. 다만 어떤 결단을 내리든 간에 누군가 책임을 져야죠—. 경찰에게는 미키하라 씨가 희생해주었지만 내부용으로도 누군가 책임을 지고 태양교는 탈바꿈해야 하는 거예요—. 이를테면 수장을 바꾼다든지—?"

"설마…… 저를 새로운 교주에 앉히기 위해 부른 건가요……?"

히나코는 뜻밖의 이야기에 당혹감을 감추지 못했다.

오랜 시간 친딸을 가둬두고 필요해지니까 후계자로 삼으려 하다니 아무리 그래도 너무 뻔뻔한 이야기다.

"그런 가능성도 있을 수도 있다—, 라는 추측이에요. 저는 일개 수녀이니까요."

"정말로 그런가요?"

히나코는 미츠키의 등을 빤히 바라보면서 물었다.

"당신은 교주와 관련 있는 신도 아닌가요? 그렇다면 평범하지 않은 게……."

"아하하—. 기대에 부응하지 못해 미안하지만 저는 어쩌다 도사의 시중을 드는 영예를 얻은, 운 좋은 신도일 뿐이랍니다. 지나친 생각이에요—."

미츠키는 장난스럽게 말하며 앞으로 더 나아간다.

건물 몇 채 옆을 지나쳐 한층 커다란 3층짜리 하얀 건물 앞에 멈추었다.

완만한 슬로프를 올라가 미츠키가 유리문 옆 기계를 조작해 입구를 연다.

"이쪽이에요—. 죄송하지만 조금 더 걸으셔야 해요. 여기는 쓸데없이 넓다니까요."

리놀륨 복도를 걸어가면서 미츠키가 말했다.

"이 제약회사를 빌리기라도 한 거야?"

"그렇게 되려나요—. 그런데 아까 이야기 들었어요. 이 연구소는 아니지만 미키하라 씨의 기묘한 팔 수술을 집도한 곳은 츠키무라 제약의 시설인 모양이에요—."

"……큰 회사지? 우리가 그런 사실을 알아도 괜찮아?"

"그 건의 증거는 없는걸요—. 증거가 남았다면 안 떠들죠—."

미츠키는 천연덕스러운 말투로 말했다.

너무 딱 잘라 말하니까 세피는 반론할 마음을 잃은 것 같다.

"자자, 이쪽이랍니다—. 이 연구소는 넓은 데다 구조가 복잡하니까요……. 앗, 어라라라?"

복도 모퉁이를 돈 곳에서 미츠키가 멈췄다.

그곳은 휴게소처럼 꾸며져 있고 의자와 테이블, 음료 자판기가 놓여 있다.

"뭐야? 뭔데?"

"이 휴게소, 늘 사원분들이 몇 명쯤 계셔서 저희를 수상하게 보거든요. 웬일로 아무도 없네— 싶어서요."

"……잠깐만."

세피가 다시 성붕의 검자루에 손을 대면서 히나코 곁으로 다가붙는다.

"여기, 히나랑 교주의 만남을 위해 사람을 다 비워둔 게 아니었어?"

"아뇨, 특별히 그런 이야기는 듣지 못했는데요."

미츠키는 고개를 살짝 갸우뚱하며 대답했다.

"아까부터 이 건물에서 인기척이 전혀 느껴지지 않아. 여기가 지금도 평범하게 쓰이는 시설이라면 이상해."

"이상하네요—."

"…………!"

미츠키의 반응에 세피는 점점 더 긴장했다.

히나코는 세피의 보호를 받으면서 태양교 세 사람을 빤히 응시했다.

미츠키는 침착해 보이지만 나머지 두 사이보그는 안절부절못하는 것 같았다. 주위를 경계하는 듯한 움직임을 보이고 있다.

그랬다. 확실히 이 연구소는 지나치게 조용하다.

아무리 그래도 소리 하나 들리지 않는 건 일반적이라 할 수 없다.

"정말로 당신을 믿어도 되나요?"

히나코는 미츠키에게 물었다.

"도사가 당신을 만나고 싶다고 하신 건 사실이랍니다—. 뒷 이야기도 저는 듣지 못했답니다. 그리고 이 사이보그들은 제 호위가 아니라 당신의 호위예요—. 물론 그것도 도사의 명령이지요."

"그럼 앞으로 가죠."

"히나?!"

히나코는 세피를 똑바로 바라보았다.

"가는 수밖에 없어요. 쿠로우와 이슈트는 죽을지도 모르는 시련도 망설임 없이 받아들였어요. 저도 용기를 내야 해요……."

"…………응."

세피가 고개를 크게 끄덕였다.

히나코를 걱정하면서도 의사를 존중했다.

"그럼 얘기가 끝났으니 갈까요. 음, 다들 한번에 유급 휴가라도 받았는지도 모르고요—."

"…………."

하지만 히나코는 이 수녀만큼은 도저히 신뢰할 수 없었다.

애초에 인간 수녀 한 사람쯤 세피가 있으면 문제도 되지 않는다.

경계해야 할 건 수녀와 사이보그가 아니라 이 앞에 있는 것이다.

태양교의 교주——히나코를 가둔 인물은 대체 무슨 일을 꾸미고 있는가.

새카만 검의 섬광이 번뜩인다. 그러자 나무 다섯 그루가 무음 속에서 단번에 절단됐다.
"어이 어이! 엄청나네!"
쿠로는 중얼거리면서 쓰러지는 나무를 피하며 달렸다.
"…………윽!"
시야 끝에 쇄도하는 사람이 비쳤다.
쿠로는 몸을 홱 뒤집어 자신을 덮친 검을 고류로 받아넘긴다. 또다시 저릿한 충격이 팔에 느껴지고, 그 고통이 온몸에 퍼진다.
"후훗."
리제는 쿠로가 받아넘긴 검을 물리면서 그 자리에서 높이 뛰어올랐다.
공중에서 백의를 펄럭이며 빙그르 일회전하더니 검을 내려치며 낙하한다.
"우오옷!"
쿠로는 충격을 죽이면서 다시 받아넘긴다. 이번에는 불꽃이 튀며 겹친 검날이 새된 소리를 냈다.
검날이 떨어지자 두 사람은 뒤로 뛰어 간격을 벌린다.
"정말로 위험하네…… 어이 리제. 슬슬 제정신으로 돌아와 보지 않을래?"
"저는 제정신이에요. 블레이즈니까 검을 다뤄도 이상하지 않죠."
리제는 요검을 한 손에 들고 자세를 잡더니 미소를 지으며 말했다.

쿠로는 그 말이 믿기지 않았다. 쿠로 정도의 실력자라면 상대의 역량은 보기만 해도 어느 정도 판단이 선다.

틀림없이 의사 리제벨은 검에는 문외한. 다른 격투 기술을 포함해 일절 아무것도 익히지 않은 걸로만 보였다.

그러나 지금의 리제는 화려하고 완벽한 검술을 피로하고 있다.

그것도 네나가 보여준, 가볍게 뛰어다니며 높이를 이용해 검을 휘두르는 **오래된 타입**의 검술이다.

"……있지 리제. 나는 너를 닮은 녀석을 본 적이 있어. 70년 전쯤의 사진이었지만. 너의 사부나 선조인가, 아니면……."

"오빠…… 당신은 두려워하고 있군요."

"뭐라고……?"

미소 짓는 리제에게 쿠로는 되묻는다.

"당신은 저를 두려워하고 있어요. 제 검을, 그게 아니라면 저 자신을요. 그래서는 이길 수 없어요. 그래서는 궁극에 이르지 못합니다. 오래전 소디들이 꿈꾼 지고의 존재. 수천 년이나 잊힌 끝에――과거 대전에서 한 검사가 손을 대고도 오만함 탓에 잃어버린 꿈. 그리고 다시 잊히려던 꿈을 되살리려 한 자가 있습니다. 당신 또한 그 꿈에 짓밟힌 자. 하오나……."

"무슨 말을 하는지 모르겠어, 리제!"

쿠로는 검을 가볍게 휘두르면서 저도 모르게 외치고 말

았다.

리제의 말이 도통 이해가 되지 않는다.

그래도——쿠로는 어째서인지 리제의 말을 놓칠 수 없었다. 리제의 말 한마디 한마디가 영혼까지 스며드는 것 같았다.

"당신은 알고 있을 겁니다. 그녀가 키운, 그녀의 사랑스러운 검사인 당신이라면. 잊어버리셨나요? 아뇨, 중요한 기억은 버릴 수 없어요. 잊을 수 없어요. 그 사실을 가르쳐드리죠."

리제는 그렇게 말하더니 오른손에 쥔 요검을 높이 치켜들었다.

"요검 샤라사잘. 마음을, 악몽을 비추는 검은 검이여, 응답하라——."

검이 검은 안개를 내뿜어 리제의 작은 몸을 감싼다.

"대체 뭐야……."

쿠로는 일본도를 꽉 고쳐쥐었다.

"요검이라고 했는데 대체 뭐야……?"

바로 옆에 있는 이슈트도 긴장한 얼굴로 검은 안개로 덮인 리제를 바라보았다.

검은 안개는 리제를 완전히 감싸더니——갑자기 안개가 확 흩날린다.

"…………윽."

쿠로는 안개를 고스란히 맞으면서도 눈을 감지 않았다.

리제에게서 눈을 떼지 못한 까닭――이기는 했지만.

"……음, 나올 것 같기는 했어."

쿠로로서는 드디어 등장했다 이건가.

검은 안개 너머에서 나타난 인물은 푸른 머리카락을 등까지 기르고, 이목구비는 당차고 반듯하며 커다란 눈은 어딘지 고양이가 생각난다. 화려한 벚꽃색 기모노 앞이 벌어져 두 개의 둔덕을 거의 다 드러냈다.

그녀는 오른손에 검집에서 뺀 일본도를 쥐고 가볍게 저었다.

"단순한 환영이 아닌…… 건가?"

쿠로는 눈앞에 있는, 이제는 없는 인물을 가만히 응시했다.

그의 스승이자 그가 직접 자신의 손으로 벤 검성 효카.

지금까지의 마나카와 네나 같은 환영과는 존재감이 다르다. 진짜가 바로 그곳에 있는 것만 같았다.

요검이 술법 같은 능력으로 리제의 모습을 검성 효카로 바꾸었다.

아니, 쿠로의 눈에 그렇게 보이게 한 거겠지.

"……참고로 회장에게는 저기에 있는 놈이 누구로 보여?"

"역시 엄마야. 하지만 내가 아는 모습이랑 미묘하게 달라……. 그래, 젊군. 소디니까 스무 살이든 마흔 살이든 거의 다르지 않지만 엄마니까. 차이는 알겠어. 사진으로 본 적이 있을 뿐인 젊은 시절의――더욱 강했던 시절의 어머니다."

"그거 성가실 것 같군."

아마도 쿠로와 이슈트, 두 사람이 '가장 강하다'고 인식한 사람이 나타난 것 같다.

"…………."

갑자기 효카가 움직였다.

느긋하게 앞으로 내딛나 싶더니 단숨에 간격을 좁혔다. 기세를 이용해 일본도를 한 손으로 휘두른다.

"빨라……!"

쿠로는 거의 반사 신경만으로 검을 휘둘러 효카의 일본도를 받아넘긴다. 불꽃이 튀지도 않고 검날을 맞댄 소리도 작은데 강력한 참격이 빗나간다.

이어서 효카가 두 번째 세 번째 공격을 한다. 쿠로는 마찬가지로 아무 생각도 하지 않고 검을 맞대 눈으로 보이지 않는 효카의 참격을 받아넘긴다.

"역시 꿰뚫고 있는 건가……!"

쿠로는 연속 공격을 처리하면서 저도 모르게 웃고 말았다.

다시 보니 마나카나 사라보다도 빠르고 예리하다.

하지만 칠 년이나 날마다 받아친 검이다. 검법은 잘 알고 있고 움직임의 버릇도 익숙하다.

"크윽……!"

쿠로와 효카는 검을 맞부딪치는 동시에 뒤로 펄쩍 뛰

었다.
두 사람은 착지하고 거울이 비춘 듯한 중단 자세를 잡았다.
"가짜일 텐데 진짜와 조금도 다르지 않은 검을 쓰네. 역시 스승님은 강하구나. 내가 이 사람에게는 당하고 싶지 않다고 마음먹은 그 검이야……."
팔 년 전, 아직 어린 쿠로의 고향. 그곳에서 일어난 인간과 소디간의 시가전, 탄환이 오가는 전쟁터에서 검성 효카만이 총탄을 피하며 전진해 차례차례 인간들을 베었다.
쿠로는 그런 효카를 두려워하고 그녀에게 베이지 않기 위해――뜬금없이 제자로 들어가고 싶다고 청했다.
"내가 보기에는 이상해. 엄마에게선 본 적도 없는 검법으로 싸우고 있으니까."
이슈트가 나직하게 말했다.
"역시 나한테만 스승님으로 보이는구나. 미안하지만 회장, 첫 사냥감은 나인가봐. 내가 상대하겠어."
그러나 가짜라도 검 솜씨는 효카와 똑같다.
상대하고 싶어도 언제까지 버틸지는――.
"저 요검의 능력은 적대한 상대 마음의 거울을 비추는――건가? 송곳니의 길에 들어온 놈들에게는 하얀 환각을 보내지. 그리고 직접 이렇게 요검과 마주하면――."
"마음 깊은 곳에 있는 자의 모습을 꺼내는 걸까? 가장 두려워하는 사람의 모습, 능력을 복제한다고 표현해도 되겠지만. 정말 악취미적인 검이야."

이슈트가 넌더리난다는 말투로 쿠로의 말을 보충한다.

"…………윽!"

예고도 없이 또다시 효카가 뛰어든다.

쿠로는 멈추지 않고 내찌르는 효카의 검을 간신히 고류로 받아넘긴다.

효카의 검은 더욱 빨라진다. 아니, 진짜 효카다워지고 있다고 해야 할까.

"역시 강해……! 하지만 질 수는 없지!"

진짜 검성 효카를 벤 뒤, 마나카에게 검성의 제자가 패배하는 것은 용납할 수 없다는 말을 들었었다. 그런 마나카를――쿠로는 기적적으로 이겨버렸다.

마나카를 베고 명예롭게 여겼다. 그런 쿠로가 지는 것은 위대한 검사였던 마나카의 긍지에 상처 입히는 것도 된다.

"라슈가 말했던가. 마나카와 검제 아미랄이 싸웠을 때, 마나카는 트레이드마크였던 이도를 버렸다더군."

쿠로는 간신히 효카의 참격을 처리하면서 중얼거렸다.

오른쪽인가 하면 왼쪽, 아래인가 하면 위에서 날카로운 검이 덮쳐온다.

"가장 존경하는 언니의 말에 따라 몸에 익힌 이도류를 버리고 그 검제를 쓰러뜨렸다고 했던가. 하핫, 막다른 곳에서 말도 안 되는 짓을 한단 말이지. 나도 그 녀석을……따라 해볼까!"

쿠로는 효카의 검을 처리하고는 허리에 찬 마나카의 애검——무희를 뽑았다.

극한까지 도신을 얇게 만든 검은 깃털처럼 가볍다.

쿠로는 왼손으로 무희를 휘둘러 검날을 맞대 효카의 검 도신을 미끄러뜨리듯이 받아넘겼다.

"이도류……?! 소년, 너 이도를 쓴 적이 있나!"

"있을 리가 없잖아! 소디의 완력이라면 여유롭게 한 손으로 검을 다루겠지만 인간은 양손으로 쥐는 게 기본이라고."

쿠로는 검 두 자루를 쥔 채 효카와 간격을 벌린다.

"하지만 이대로라면 나는 이기지 못하겠지."

마나카가 검 하나를 버렸다면 나는 두 검으로.

아무런 근거도, 확신도 없는 자살행위에 가깝다. 하지만 쿠로는 자신이 틀렸다고 생각할 수 없었다.

그러고 보니——문득 생각한다.

환영이라지만 이만한 강적과 싸우면서 린네나 사라와 붙었을 때처럼 폭주 모드가 되지 않는다.

아니, 마나카와의 마지막 전투에서도 폭주하지 않았다. 쿠로는 그저 조용히 그녀를 벴다.

자신을 잃는 꼴사나운 자신을 마나카가 직접 죽음과 함께 데려가주었다.

그런 생각마저 든다.

"하—…… 나란 녀석이 비현실적이로군……."

쿠로는 조금 웃으며 한숨을 쉰다.

이도를 축 내린 자세로 다시 효카와 맞선다.

"자신을 내몰 작정인가, 소년……."

"이미 충분히 내몰렸지만 말이야."

쿠로는 농담을 하며 이번에는 스스로 뛰어들었다.

오른손으로 일본도를 휘두르고 왼손으로 무희도 동시에 휘두른다.

오른손으로 휘두른 목을 노린 일격은 허공을 가르고, 왼손으로 휘두른 몸통 공격이 효카의 몸을 스친다.

야단났다——의외로 손쉽게 이도류가 잘 먹혀서 그만 맞추고 말았다.

정말로 스쳤을 뿐이라 해도 리제의 몸에 섣불리 상처를 낼 수야 없다.

"말이야 쉽지!"

이번에는 효카가 검을 붕붕 휘두른다. 단순히 크게 휘두르는 것처럼 보이지만 가장 빠르고 적확하게 급소를 노린다.

"크, 크윽……!"

쿠로는 죽음을 각오하고 검 두 자루를 휘둘러 효카의 날카로운 연속 공격을 간신히 받아넘긴다.

"아악, 제기랄……!"

쿠로는 무희로 효카의 검을 받아넘기더니 일본도로 옆으로 흐른 검을 튕겨내 자세를 흐트러뜨렸다.

효카의 몸이 기우뚱 쓰러지려 할 때 쿠로는 무희의 칼등으로 참격을 먹였다.

"…………윽!"

효카는 측두부를 노린 칼등을 살짝 스치면서 피했다.

쿠로는 혀를 차면서 지면을 차고 다시 간격을 벌렸다.

"……칫, 지금 건 괜찮은 흐름이었는데. 이걸로 안 되면 어쩌라는 거야?"

벨 수 없다면 타격으로 기절시키는 수밖에 없다.

하지만 그 수가 통하지 않는다면——.

"과연 그대다워."

"……말하잖아. 뭐야, 요검 본체는 말투도 카피해?"

"글쎄, 어떨까. 그건 그대가 마음대로 생각해도 된다만……. 훌륭하구나, 검성의 계승자. 설마 고류가 이 정도의 물건일 줄이야."

"성가시니까 당신을 진짜라고 생각하고 얘기해줄게. 고류를 가르쳐준 사람은 당신이잖아."

"고류 또한 **계획**의 한 가지이기는 했다. 하지만 가장 커다란 불확정 요소이기도 했지."

"계획…… 불확정 요소……? 그게 뭐지?"

쿠로는 되물으면서 이 상황의 이상함을 깨달았다.

검성 효카가 쿠로의 마음을 비춘 것이라면——그가 알지 못하는 일은 환영도 몰라야 한다.

어째서 계획이니 뭐니 이상한 소리를——검성 효카에게 들은 적 없는 얘기를 꺼내지?

"그대에게도 가르쳐줬지. 소디는 단순하게 빠르고 강한 검을 목표로 한다. 그것을 추구하며 그 앞에 완벽한 검법이 있다고 믿고 있지. 소디는 저마다 독특한 검을 쓰지만 결국에는 그것을 추구한다."

"소디의 저주로군."

쿠로는 의아해하면서도 고개를 끄덕였다.

그렇기에 소디는 고류를 쓸 수 없다. 의도적으로 검을 느리게 휘두르기도 하고, 완벽함과는 먼, 이상한 궤도를 그리는 검술을 쓰기도 하기 때문이다.

"하지만 소디의 검에는 한계가 있다. 나와 그대도 이미 아는 스이사라가 거의 호각이란 걸로도 알겠지. 궁극에 이르는 경지는 똑같네. **그 너머**로는 가지 못하는 게야."

"강함에는 상한선이 있다는 건가? 그야 당연하잖아."

소디라 해도 생물로서 한계가 있는 건 당연하다.

"한계를 뛰어넘은 자가 없었던 것도 아니다. 그러나 그럼에도 정점 그 너머에는 이르지 못했다. 그러니까 다른 접근이 필요해진 게야, 쿠로. 그것이 고류이며, 그대다."

"……나는 사라와도 겨뤘고 당신도 벴어. 하지만 당신들을 뛰어넘었다고 생각하지는 않고, 앞으로 강해져도 그리 다르지 않을 거라고 생각하는데."

고류에도 한계는 있다. 그것이 소디의 정점을 뛰어넘을 수 있을지 어떨지는 유일한 사용자인 쿠로가 확인하는 수밖에 없다만.

"아니, 나의 쿠로. 그대에게는 이미 모든 것을 가르쳤다. 라슈와 마찬가지로. 그대 안에는 내가 가르친 모든 것이 깃들어 있다."

"…………."

역시 이상하다――쿠로는 의심하면서도 불현듯 깨달았다.

쿠로는 검성 효카와 싸웠을 때의 기억을 거의 잃었다. 일부는 떠올렸지만 그래도 전투 대부분을 잊어버렸다.

혹시 가짜 효카가 이야기하는 것이 쿠로와의 마지막 전투에서 스승이 말한 것이라면――.

"그대 자신 또한 계획에서는 변칙이지만 어떤 의미로는 그대야말로 고류를 쓰기에 가장 어울리기도 하다."

"……나는 그냥 치마 들추는 걸 좋아할 뿐인 꼬마였어. 소질을 간파당해 제자가 된 게 아니라고."

원래 쿠로는 고류는커녕 검에 눈곱만큼도 흥미가 없었다.

"소디의 검과 인간의 고류……. 검을 극한까지 추구한 그 너머에 있는 것에 도달하기 위해. 두 가지를 체득한 자와 싸우는 것이야말로."

"……뭐야."

쿠로는 침을 꿀꺽 삼켰다.

어떻게 된 영문인지 검성 효카의 다음 말이 머릿속에 떠올랐다.

알지도 못하는, 들은 적도 없는 단어였다——.

"그래, **검신**에 이르는 길이야……."

"검…… 신……."

예상했던 말에 쿠로는 놀라움을 감추지 못했다.

검신——쿠로는 틀림없이 알고 있었다.

쿠로, 나는 그대를 베야만 한다——.

단편적으로 기억하는 검성 효카의 말을 떠올린다.

베야만 한다——그것도 이상한 표현이다.

어째서 스승인 검성 효카가 쿠로를 베야만 하는 건가?

설마 제자에게 자신의 자리를 위협받는다는 이유는 아닐 것이다. 쿠로의 실력은 스승에게 훨씬 못 미쳤다.

마지막 검을 겨룰 때도 쿠로는 스승에게 물었다.

어째서냐고.

그녀는 대답했다.

내가 줄곧 찾던 것이 있다. 그것이——그대와 검을 겨룬 그 너머에 있기 때문이다.

그것이 무엇이냐고 쿠로는 다시 물었다.

그 대답은——그래, 그녀는 이렇게 대답했다.

검신에 이르는 길. 아득히 높은 곳에서 두 세계를 연결하는 자.

나는 그곳에 이르기만을 위해 살고 있다. 어쩌면 쿠로, 라슈. 그대들이——.

기억나는 것은 거기까지였다.

역시 그 이상은 기억 속에 없고, 검성 효카를 벤 순간만 기억한다.

검성 효카를 벤 기적의 검법——.

"이건 뭐야……."

찌릿찌릿 이마의 상처가 욱신거린다. 벌써 예전에 새살이 돋은 효카에게 벤 한일자 상처다.

떠올려버린 스승의 말이——견딜 수 없이 상처를 아프게 한다.

"소년, 온다!"

이슈트의 날카로운 목소리가 들렸다.

바로 옆에 있을 이슈트의 목소리가 이상하게 멀리서 들린다.

쿠로는 손목을 살짝 움직여 무희로 효카의 참격을 받아 넘겼다.

챙, 맑은 소리를 울리며 효카의 일본도가 높이 튕겨나간다.

효카는 휘청이며 균형이 무너져 한 걸음 뒤로 물러났다.

"…………?"

쿠로는 의아하게 여기면서도 그 틈을 노리지 않았다.

어째서 효카가 단순한 고류의 방어로 저리도 자세가 무너지고 말았는가?

멍하니, 그저 그 생각만 했을 뿐이다.

"소년! 뭐하고 있어, 또 온다! 검을 겨눠!"

쿠로는 그 말을 들을 때까지 두 자루의 검을 축 늘어뜨린 채였음을 깨닫지 못했다.

설령 이도류라 할지라도 익숙한 중단 자세를 취해야 하건만.

효카의 검이 목덜미를 노리며 공격해온다. 쿠로는 이번에는 일본도로 그 참격을 아무렇게나 움직여 튕겨냈다.

"…………!"

효카가 놀란 표정을 지으며 다시 자세가 무너진다.

곧 자세를 가다듬고 다시 연속공격을 퍼붓는다. 그러나 쿠로는 꼼짝도 하지 않고 차례차례 효카의 검을 처리했다.

나는 어째서 이런 게 가능하지――?

의문을 품은 것은 아주 잠시, 그러고는 더 이상 아무 생각도 하지 않았다. 그저 오로지 효카의 검을 고류로 튕겨내고 받아넘기고 처리하고――.

"…………윽!"

하지만 상단에서 내려치는 효카의 참격에 반응이 늦었다.

쿠로는 고개를 살짝 움직여 검끝을 피하고――.

아주 살짝, 피부 한 장도 베지 못할 정도로 얕게 효카의 검이 이마를 스쳤다.

그 참격으로 피부가 아닌, 쿠로가 이마에 감고 있던 붕대만 끊겨 사르르 떨어졌다.

효카는 검을 다 휘두르더니 그 자리에 굳었다.

쿠로 역시 움직이지 않았다. 오랜만에 바깥 공기가 닿은 이마에서——아픔은 없었다.

조금 전까지 욱신거리는 것 같던 아픔도, 얼마 전에 마나카에게 베인 상처의 아픔도 사라졌다.

마나카에게 입은 상처는 완전히 낫지 않았을 텐데, 리제의 치유 술법이 들은 모양이다.

마음이 사뿐히 가벼워지는 듯한——해방된 듯한.

쿠로는 지금 그야말로 최강의 상대를 눈앞에 두고 있는데 신기하게 마음이 편안했다.

"아아, 이건가……."

쿠로는 작게 중얼거리고 씩 웃었다.

어째서 웃었는지 스스로도 모르겠다.

"소년! 뭐하고 있어, 소년!"

또다시 이슈트의 신경질적인 목소리가 들렸다.

쿠로 앞에서 효카가 검을 상단으로 치켜들고 공격하려 하고 있다.

하지만 쿠로는 어째서인지——아무것도 하지 않아도 될 것만 같았다.

"크윽……!"

내려친 검을 끼어든 이슈트가 튕겨냈다.

하지만 효카는 이번에는 자세를 흐트러트리지 않고 두 번째 검을 휘두른다.

팔을 슥 물리고 무릎을 구부려——공기를 찢는 듯한 고속 찌르기였다.

"소년은 죽게 하지 않아! 이런 녀석이라도 내 소중한 후배라고!"

이슈트는 앞으로 튀어나가듯이 자신도 찌르기를 퍼부었다.

탕, 이슈트와 효카의 검끝이 충돌해 불꽃이 튄다. 바늘 끝도 통과할 듯한 정확한 지르기가 정면으로 부딪쳤다.

"그런가…… 그랬군. 이런 것도 알아채지 못했다니."

이슈트는 검을 빼면서 중얼거린다. 입가는 살짝 웃고 있었다.

"엄마랑 연습하던 시절과는 달라. 그 시절 나와는 달라. 지금의 나는 검 학원 톱이고 소년의 선배. 혼혈이니 모친이니 관계없어. 나만을 위해서가 아니야. 나에게는 지금 싸울 이유가——이겨야 할 이유가 있다!"

광인으로 빛난 뇌랑아가 더욱 눈부시게 빛난다.

원뿔형 도신이 정확히 둘로 나뉘어 벌어지고——그 밑에 장치된 바늘처럼 가는 도신이 자태를 드러낸다.

뇌랑아의 진짜 모습이며 극한까지 경량화한, 넘칠 듯한

'광'이 흐르는 최강의 무기다.

"뇌천연광섬(雷穿連光閃)——!"

한순간에 뿜어낸 36**단 찌르기**가——효카의 도신에 빨려 들어간다.

"…………윽!"

효카의 검이 크게 튕기고 도신에 가느다란 금이 갔다.

몸이 아니라 검을 노린 이유는 리제의 몸을 걱정한 것이리라.

효카는 뒤로 쓰러질 뻔하면서도 자세를 바로잡고 금이 간 검을 휘둘렀다.

"칫……!"

이슈트는 혀를 찼다. 그녀의 뇌천연광섬은 몸에 강렬한 부하를 주기 때문에 한동안 움직임이 둔해지고 만다.

"아직…… 아직 멀었어! 여기서 멈추면 여태까지의 나랑 똑같아!"

이슈트는 부하를 견디며 부르짖었다.

"이제 나는 엄마를 따라다니던 꼬마가 아니야. 앞으로, 앞으로 나아갈 거야. 지금의 나에게는 선배로서, 그리고 회장으로서 지켜야 할 것이 있어!"

쿠로는 그렇구나, 하고 깨달았다.

이슈트가 강한 이유, 그 원천은 상냥함——.

그녀는 쿠로를 지키고 있는 이 상황에서도 리제의 몸을 염려하고 있다.

저주에 사로잡혀 있어도 이슈트는 상냥하다.

그 상냥함이, 지키고 싶다는 마음이 그녀의 강함을 만든다.

저주만 떨쳐버리면——이슈트는 어디까지고 올라갈 수 있을 것이다.

"앞으로 나아가기 위해서 과거의 저주 따위——내 검으로 돌파한다!"

이슈트는 효카가 휘두른 검을 몸을 낮춰 피하고 또다시——.

"뇌천——하늘을 찔러라!"

이슈트는 효카의 품에 파고들어 바로 아래에서 하늘로 오를 듯한 기세로 온몸의 탄력을 이용해 발돋움했다. 손목을 틀면서 밀어 넣듯이 전신전령을 담은 찌르기를 먹인다.

더없이 가까운 거리인 데다 사각에서 내지른 신속의 찌르기——쿠로도 처음 보는 기술이었다.

"크윽!"

효카가 도신으로 이슈트의 찌르기를 막자 불꽃이 튀고 금이 더욱 심하게 갔다.

아마도 이슈트가 도신을 노린 것이겠지만——.

그래도 효카는 움츠러들지 않는다.

검을 크게 쳐들고 이번에야말로 움직이지 못하는 이슈트를 노린다.

"나 역시 아직이다……!"

쿠로는 슬쩍 미끄러지듯이 이슈트 앞에 섰다.

"고류의 궁극——분명히 나는 그곳에 한번 다다랐다."

쿠로는 중얼거리고서 효카의 참격을 무의의 도신으로 슥 미끄러뜨리듯 받아넘긴다.

아무런 소리도 내지 않고, 불꽃도 튀지 않고, 효카의 검은 강물이 흐르듯 스르륵 지나갔다.

쿠로는 일본도를 쥔 오른손을 높이 들고——.

그 뒤에 **검이 사라졌다**.

쿠로 자신조차 이미 어디에도 없었다.

아무런 감각도 없이.

아무런 의식도 없이.

마치 바람처럼 효카 곁을 빠져나갔다.

"……어라?"

검을 들어올린 지 일 초도 지나지 않았을 것이다.

쿠로는 정말로 자신이 사라진 것처럼 느꼈다.

사라진 사이에 들어올린 검을 내려치면서 효카의 옆을 지나쳤다. 그렇게 생각할 수밖에 없었다.

"——앗, 리제!"

쿠로는 순식간에 **제정신**으로 돌아왔다.

검을 내려쳤다는 뜻은 설마 리제를——.

뒤돌아보자 그곳에는——요검을 들어올린 리제의 모습이 보였다.

"리제! 야, 리제!"

쿠로는 상황도 확인하지 않은 채 일본도와 무희를 검집에 넣고 리제에게 달려갔다.

"아…………."

리제가 들어올린 요검이――한가운데 부근에서 뚝 부러졌다.

게다가 리제가 휘청하고 비틀거려 쿠로는 허둥지둥 그녀를 붙잡았다.

몸에는 아까 쿠로가 낸 복부의 상처 말고는 아무것도 없는 듯했다.

"리제……."

"어, 오빠……. 왜 그러세요, 이상한 표정을 짓고……."

리제는 의식이 몽롱한 것 같지만 혀는 꼬이지 않았다.

"어디 아픈 데는 없어? 아니, 거기 배 상처 말고."

"……네? 어머, 피가 나네요. 하지만 대단치 않아요. 저도 블레이즈니까 이 정도 금방 나아요……."

"…………그랬구나."

적어도 리제는 상처를 입었던 때는 기억하지 못하는 모양이다.

"소년……."

이슈트가 두 사람 곁으로 다가온다.

"리제가 무사해서 다행이야……. 하지만 방금 그 검은 대체 뭐였지?"

어째서인지 이슈트는 볼을 살짝 붉혔다.

“나도 잘 모르겠어. 정신 차리니 검을 내려치고 어째선지 리제도 원래대로 돌아왔어.”

정말로 그것 말고 설명할 방도가 없다.

검을 휘두르기 시작하자 동시에 검의 무게가 사라졌다. 팔의 감각도 사라지고, 곧이어 몸 전체의 감각까지 사라져 버렸다.

자신이 ‘무(無)’가 되었다고 해야 할까.

“그, 그런가……. 조금 전 소년의 검은 너무나도……. 아, 아니, 아무것도 아니다…….”

“…………회장?”

이슈트의 얼굴만이 아니라 귀까지 붉게 물들었다.

그녀가 얼굴을 붉히다니 신기한 일이다만――대체 어떻게 된 건가.

“저, 정말로 아무것도 아니야. 그보다…… 스스로도 알 수 없다는 건 기묘한 이야기로군.”

“그래…….”

쿠로는 고개를 작게 끄덕였다.

“스승을…… 마나카를 벴을 때와 많이 비슷해. 하지만…… 아주 조금 달랐어.”

뭐가 다른지 설명할 수는 없지만.

그러나 평범하게 벴다면 리제의 목숨을 빼앗았을지도 모른다.

확실한 것은 쿠로의 검이 리제의 몸이 아니라 요검을

벴다는 것 정도다.

"그보다 그런 회장의 검도 굉장했어. 그 연속 찌르기랑 바로 아래에서 뻗어 나오는 것 같은 이상한 찌르기. 그건 이미 검희 수준이 아니었어."

"……그런가? 전이랑 다르지 않다고 생각했다만."

이번에는 이슈트가 어리둥절해했다. 그녀 역시 자신의 검을 이해하지 못하는 것 같다.

36단 찌르기도 스노우화이트에게 썼을 때와는 예리함이 딴판이었다.

"앗, 오빠. 저거, 저거 보세요."

느닷없이 리제가 폭포 쪽을 가리켰다.

그쪽을 바라보니 폭포 아래의 흐름이 두 갈래로 갈라져 사람 하나가 기어들어갈 만한 구멍이 뻐끔히 뚫려 있다.

"혹시 저게 출구냐……."

"소년, 가자. 태평하게 있다가 닫히면 웃기지도 않게 돼……. 아, 잠깐만."

이슈트는 나뒹굴던 요검을 바라보았다.

쿠로도 리제를 강제로 끌어안으며 그쪽으로 시선을 향했다.

검은 요검은 두 쪽이 난데다 불길한 요기마저 완전히 사라졌다.

"응——……."

쿠로는 발끝으로 툭툭 요검을 찔렀다. 자칫 건드려 조종

당하기라도 했다가는——그렇게 의심했지만 특별히 아무 것도 없는 듯하다.

이 검은 틀림없이 **죽었다**.

"좋아, 모른 체하자. 할멈에게 들키면 위험할 것 같으니까."

"당연히 안 되지, 소년! 이건 송곳니의 길 핵심이잖아. 잠자코 있을 수는 없어!"

"……쳇, 회장은 성실하구나. 말하지 않으면 한동안 안 들키는데."

"됐으니까 간다. 자, 뛰어."

이슈트는 망설임 없이 요검을 주웠다. 증거를 보이고 대검성에게 사죄라도 할 작정인 것 같다.

쿠로는 리제를 안은 채 앞서 달리는 이슈트를 따라 용소로 들어갔다.

신기한 일은 수없이 있지만 지금은 우선 탈출이 최우선이다.

게다가 쿠로에게는 검심이나 리제의 수수께끼를 고민하는 것보다 우선해야 할 일이 있다.

폭포 구멍을 빠져나가자 그 앞은 널찍한 광장이었다.

명백히 사람 손으로 땅을 고른 장소였다. 송곳니의 길 내부와는 모습이 달랐다.

항상 가득했던 살기 같은 것이 전혀 느껴지지 않는다.

"골……이라고 생각해도 될 것 같군."

이슈트가 뇌랑아를 지면에 꽂으며 말했다.

쿠로는 안고 있던 리제를 살며시 내려놓고 물통을 건넸다.

"그렇군. 뭐, 이 이상의 것이 나오면 진짜로 죽을 거야. 리제, 너는 정말로 아무렇지도 않은 거지?"

"네, 괜찮습니다. 건강합니다."

리제는 고개를 끄덕였다.

"저야말로 폐를……. 아, 깜빡했어요! 오빠, 부탁 쪽은……."

리제는 일어나서 쿠로에게 덤벼들듯이 다가온다.

"아, 아아. 음—, 부탁은 넷사가 움직이니까 막아달라는 거였지. 이야기는 알았어. 할 수 있는 일은 하겠지만 당장은 무리일 수도 있어."

리제를 위해서라면——그렇게 생각하지만 반드시 한다고 보증하지 못하는 것도 사실이다.

어디까지나 쿠로는 실피 의원 직속 실행부대다. 독단으로 움직이기는 어렵다.

"앗, 저기, 사실은 그것만이 아니에요."

"응……?"

"'여덟 머리 뱀'도 움직이려 하고 있어요. 이제 시간이 없어요."

"여덟 머리……? 그게 뭐야?"

"그러니까, 그러니까 '최강의 술법사'인 모양이에요! 블레이즈에 정기적으로 태어나요! 토쿄 소디아가 아니라 일본을 괴멸시켜버린대요!"

"그런 말도 안 되는……."

쿠로는 고개를 갸웃했다.

아마 사형사 사라라면 토쿄 소디아를 홀로 파괴할 수 있겠지.

하지만 일본을——이라고 하면 너무나 현실감이 없다.

"아니, 기다려. 여덟 머리 뱀이란 건 나도 들은 적이 있어. 70년 전 대전에서는 항공모함을 혼자서 침몰시키고 일개 사단을 해치웠다고……. 전설의 일종인 줄 알았는데."

이슈트는 의아한 얼굴로 말했다.

아무래도 농담하는 건 아닌 것 같다.

이슈트는 송곳니의 길을 빠져나온 달성감 따위 날아가버린 듯하다.

"제가 말할 수 있는 건 이 정도예요. 오빠, 토쿄 소디아로 돌아가세요. 먼저 그것부터예요. 부탁입니다. 부탁할게요."

리제는 그렇게 말하더니 몸을 획 돌렸다.

"어? 어이, 리제, 왜 그래?"

"죄송해요, 그만 가야 해요. 제멋대로지만…… 하지만……."

리제는 어째서인지 갑자기 목소리 톤을 낮추고 말하고 한 걸음 내디딘 뒤.

"**르쉐**가……."

그렇게 중얼거리더니 갑자기 뛰어올라 근처 나뭇가지에 착지하고, 다시 뛰어올라 산속으로 자취를 감추어버렸다.

너무 재빨라서 불러 세울 수도 없었다.

"어떻게 된 거야? 저렇게 움직일 수 있는걸 보니 상처는 아무렇지도 않은 것 같지만……."

"역시 그녀는 어딘지 기묘하군. 귀여우니까 아무래도 좋지만."

"역시 회장도 대단한 성격이야."

쿠로는 자신은 돌아보지 않고 어이없어했다.

하기야 아무리 불가사의해도 리제는 사랑스럽고 호감 가는 소녀다. 그녀의 바람도 들어주고 싶다.

"오, 마중이 왔군. 엄청 빠르네……."

송곳니의 길 출구 너머는 광장을 낀 완막한 내리막이다. 그 비탈을 따라 반대쪽에서 두 사람이 올라오고 있었다.

한 명은 메이드복 소녀, 다른 한 명은 사무에 차림의 여성이다.

"쿠로야, 회장, 아아 다행이다! 살아 있어!"

"엇, 우와악!"

언덕 중간에서 단숨에 속도를 올린 린네는 쏜살같이 쿠로 곁으로 달려와 느닷없이 끌어안았다.

쿠로는 손 쓸 겨를도 없이 떠밀려 넘어지고 말았다.

"어, 어이, 린네."

"너무 늦었잖아! 살아서 돌아올 건 알았지만 나를 줄곧 방치하고! 만나고 싶었어! 응—, 쿠로야다, 쿠로야!"

쪽, 쪽, 린네는 쿠로의 볼과 이마에 키스 세례를 퍼부었다.

"쿠로야가 걱정돼서 서둘러 왔어! 우우-움, 쪽, 쪽."

"자, 잠깐만. 그런 건 나중에 해. 그보다…… 며칠 지났어?"

쿠로는 린네를 살짝 밀치듯 일어나서 물었다.

"쿠로야가 송곳니의 길에 들어간 지 이레째야."

"칠 일?! 교주와 만나기로 한 날이잖아!"

닷새는커녕 이미 이틀이나 늦어버렸다.

그렇다면——.

"히나야는 벌써 출발했어. 세피가 함께 따라갔어."

"세피가? 우리가 틀어박혀 있는 동안 무슨 일이 있었던 거야……."

리미트 오버는 그렇다 치고 동행한 사람이 너무나 뜻밖이었다.

"아니 떠들 때가 아니야. 당장 두 사람을 쫓아가야 해."

"아, 기다려라. 이제 와서 조바심내도 소용없어. 그보다…… 흠, 무사히 시련을 마친 모양이구나. 특히 이슈트, 그 연기는——."

"연기……? 어, 어라? 이건 뭐지?"

이슈트는 깜짝 놀란 얼굴이고, 그제서야 쿠로도 그녀가

이상하다는 걸 깨달았다.

그녀의 온몸에서 김 같은, 하얗고 빛나는 연기가 피어올랐다. 어딘가 광인의 빛과도 비슷했다.

"그건 말이지, '광'과 힘과 기술, 그 세 가지가 급격하게 성장한 소디에게 일어나는 현상이지. 충만한 '광'이 연기 상태로 몸에서 넘쳐난다. 어째서 일어나는지는 모르지만 그것이——송곳니의 길을 클리어한 증거이기도 한 게야."

"이게……."

이슈트가 자신의 온몸을 빤히 바라본다.

정신없던 시련을 이제 막 클리어한 상황이다. 강해졌다는 실감은 아직 없을 것이다.

"응? 나한테는 아무 일도 없는데?"

"당연하지. 너는 인간이다. 게다가 있을까 말까 한 '광'을 봉인당하지 않았느냐. 뭐가 일어날 리가 없지."

"쳇…… 뭔가 흥이 안 나네."

하기야 쿠로에게는 조금 전 기묘한 검법으로도 차고 넘칠 정도로 '무언가'는 일어났다고 할 수 있다.

"아, 그렇지. 저기요, 대검성……. 그게, 이거 말인데요……."

이슈트가 머뭇머뭇 두 동강 난 요검을 내민다.

"음……."

대검성은 요검을 받더니 냉엄한 눈빛으로 유심히 살펴보고——한숨을 쉬었다.

"부숴버렸나. 음, 하는 수 없지. 대신 할 검을 적당히 마련해두지."

"네? 대검성, 그게 답니까?"

"죽이지 마, 부수지 마는 일단 말만 한 거야. 뭐든 해도 된다고 말했다가는 송곳니의 길을 엉망진창으로 부술 거 아니냐. 이 정도의 피해로 끝났다면 오히려 가벼운 거지. 효카 때는 더 심각했어."

"……하기야 스승이라면 저지를 만하지."

대검성에게 어떤 주의를 받든 제대로 들었을 리가 없다.

"그렇지만 이 요검 샤라사잘은 귀중한 검인데. 능력도 재미있으니 어떻게든 고쳐볼까."

"변변찮은 악취미 능력이야. 덕분에 말도 안 되는 꼴을 당했다고. 요검——이었나? 정말이지 소디아의 말은 발음하기 어렵군. 할멈의 이름도——."

쿠로는 그 말까지만 하고 퍼뜩 깨달았다.

"있잖아 할멈. 할멈 이름이 지른쉐드라고 했던가?"

"잘 기억하고 있지 않느냐. 그게 어쨌다는 게지?"

"설마 아니겠지만, 할멈 애칭이 '르쉐'는 아니지?"

"응응……?"

대검성은 오른쪽 눈만 크게 떴다.

"어떻게 그걸 알고 있지. 몇십 년 만에 그 이름으로 불렸군. 그렇게 부른 사람은 70년 전 전우나 칠검, 나와 동급이었던 자들뿐이야. 그 녀석들도 옛적에 전부 죽었건만."

"……아니, 설마."

쿠로는 눈살을 찌푸렸다. 접어두기로 한 의심이 다시 샘솟는다.

어째서 리제가 대검성의 애칭을 알고 있었던 걸까. 아니, 대검성의 별명이라고 단정할 수 없지만 우연의 일치라고 생각하기도 어렵다.

"그 애칭을 어디서 주워들었는지 모르겠지만, 아무튼 이야기는 여기까지다. 그게 왔다."

"아, 진짜다. 헬리콥터가 이쪽으로 와."

대검성이 엄지로 멀리 보이는 산을 가리키고 린네도 그쪽을 보았다.

쿠로에게는 아무것도 보이지 않지만 희미하게 헬리콥터 로터 소리가 들린다.

"그런가, 할멈, 준비는 확실하게 해줬구나."

"은퇴한 노인네에게 귀찮은 일을 시키지 않느냐. 손이 많이 가는 손제자야."

"이따금 일하는 편이 노망도 안 들고 좋잖아. 그보다…… 쉴 틈은 없군."

쿠로는 헬리콥터를 바라보면서 일본도 검자루에 손을 얹었다.

또다시 어려운 일이 기다리고 있겠지만, 송곳니의 길에서 수련한 성과를 확인하기엔 딱이다.

"태양의 소녀를 지나치게 걱정하는 거 아닌가?"

"그 녀석은 내버려둘 수 없는 타입이야. 할멈도 알잖아."
"선대 태양의 소녀도 그 녀석이랑 똑 닮았었지. 심지가 강한 부분도 비슷해. 그 아이도 그대들이 돌아오기를 마냥 기다린 게 아니야."
"흐음……."
히나코도 부모와의 만남을 위해 준비했다는 건가.
누가 뭐라고 한 것도 아닐 것이다. 멍하고 마이페이스인 히나코도 성장한 모양이다.
반가운 일이다. 하지만 히나코에게는 아직 도움이 필요할 것이다.
세피도 함께라면 더욱 그렇다.
"그럼 부모자식의 감동적인 만남을 방해하러 갈까."
쿠로는 중얼거리고 돌아보았다.
이슈트는 미소 짓고 린네는 무의식중에 힘차게 웃고, 대검성은 대놓고 경멸하는 눈빛이었다.
다음 전투는 이미 시작되었다.
쿠로에게 멈춰 있을 시간 따위 없다.

3장 첫 재회

태양교의 수녀, 미츠키는 두꺼운 문 앞에 멈춰 섰다.

문 옆 기계에 카드를 긋고 패널에 지문을 인증하자 천천히 문이 열린다.

“호들갑스러운 장치죠—. 하지만 여기서부터는 연구소 직원도 들어가지 못하는 태양교만의 성역이랍니다.”

미츠키는 세피의 반응을 기다리지 않고 척척 앞으로 나아간다.

히나코와 세피가 뒤따라가자 미츠키는 문 앞 복도를 몇 미터 나아가더니 멈추었다. 그곳에도 문이 있다.

“드디어 도착한 거야? 저기에 교주가 있어?”

“아뇨—. 도사를 뵙기 전에 먼저 몸을 깨끗하게 하셔야 해요.”

“저는 깨끗한 몸이에요. 세피처럼 쿠로우에게 성희롱도 당하지 않았고요.”

“내가 더러운 것처럼 말하지 마! 나도 깨끗한 몸이야!”

“자자, 두 사람 다 만담은 그만하세요—. 이쪽으로 오세요.”

미츠키는 문을 열고 실내로 들어갔다.

미츠키가 거느린 사이보그 둘은 문 좌우에 직립한다. 두 사람은 여기서 대기하는 모양이다.

히나코는 세피의 보호를 받으며 방 안으로 들어간다.

방 안은 탈의실이었다. 네 평 정도의 좁은 방에 갠 옷을 넣기 위한 바구니가 몇 개 놓여 있고, 구석에는 로커 세 개가 나란히 있다.

출입구 정면 유리문 너머에 욕실이 있는 것 같다.

"거기서 옷을 벗어주세요—. 걱정하지 마세요, 카메라도 없고 태양의 소녀에게 실례되는 짓을 하진 않을 테니까요. 아, 세피 아가씨는 벗지 않아도 됩니다."

"당신 앞에서 벗을 생각 따위 없어."

"예, 어차피 당신은 초대받지 않은 이세계인입니다. 더러움을 씻어내려 해도 다 씻을 수 없겠죠."

"…………."

세피는 성붕의 검자루에 슥 손을 대려 했지만 이내 그만두었다.

지금은 히나코가 맞서야 할 국면이고 자신은 동행이니까——그렇게 자중한 것이리라.

"괜찮습니다, 세피. 깨끗하게 하라면 할 거예요. 여기까지 와서 그런 걸 거부해도 소용없으니까요……."

"히나가 그렇게 말한다면……. 하지만 나도 바로 옆에 있으니까 안심해."

세피는 옷을 입은 채 욕실에 들어갈 작정인 듯하다.
히나코는 세피를 향해 고개를 끄덕이고 나서 검 학원 교복을 스르르 벗는다. 블라우스와 치마를 벗고, 브래지어를 풀고 팬티도 내렸다.
"어쩐지 보는 내가 부끄러워지는 호쾌한 옷 벗기네……."
세피는 기막혀하면서 히나코가 가지고 있던 활집을 받았다.
소중한 물건이라 아무 데나 둘 수 없다.
"좀 더 부끄러워하며 벗는 편이 쿠로우의 취향일까요?"
"아아, 그렇지……. 아니, 로우는 관계없잖아. 그런 거 신경 쓰지 않아도 돼."
어째서인지 얼굴을 붉힌 세피는 히나코 앞에 서서 욕실로 걸어가 유리문을 열었다.
히나코도 수건으로 몸을 가리고 욕실 안으로 들어간다.
내부는 공중목욕탕 같은 구조로 안에는 훌륭한 편백 욕조가 있다.
"어서 오세요—."
수녀는 옷을 입은 채 욕실에서 기다리고 있었다.
"죄송하지만 냉수로 샤워해주세요. 사실은 자연수가 좋지만 이런 도시에서는 어쩔 수가 없죠—."
수녀가 욕실의 수도꼭지 하나를 비틀자 샤워기에서 물이 나왔다.
뜨거운 것도 차가운 것도 못 참는 히나코다. 아무리 여름이라지만 차가운 물로 샤워하려니 망설이는 것도 당연했다. 하지만 고집을 부려도 될 상황이 아니었다.

"자, 온몸을 깨끗하게 씻어주세요—. 아, 그렇지. 제가 등을 밀어드릴게요."

"네?"

"잠깐만 기다려. 이상한 짓을 했다가는……."

"안 한다니까요. 도사의 따님께 실례되는 짓을 할 리가 없죠. 세피 아가씨도 거기서 보고 있어도 상관없답니다—. 그럼 실례합니다."

히나코 앞에서 미츠키가 수녀복을 훌렁훌렁 벗어서 가까이 있던 나무통 안에 던져 넣는다. 거침없이 속옷까지 벗어버리자——.

"……굉장해요."

히나코는 저도 모르게 미츠키의 가슴을 빤히 응시하고 말았다.

그 물건은 이미 가슴이 아니라 공이었다. 히나코도 상당한 글래머지만 미츠키의 가슴은 그것을 초월했다.

큰데 탄력 있어 형태도 예쁘고, 쿠로라면 덥석 달려들 가슴이다.

"별거 아니에요. 보여드릴 남자분도 없고, 쓸데없는 지방이에요—. 자, 어서 이 의자에 앉으세요. 아아, 깨끗한 피부네요, 태양의 소녀."

"…………."

몸을 구부린 미츠키가 작은 나무 의자에 앉은 히나코의 등을 수건 너머로 문질렀다. 부드러운 손길에 어쩐지 점점 기분이 좋아졌다.

"후후후—, 어떠세요? 이런 거 잘한답니다."

"……교주의 등도 씻겨드리나요?"

히나코는 상쾌한 기분이 티 나는 목소리로 물었다.

"설마, 설마요—. 도사의 몸에 손댄다니 황공한 일이에요. 도사는 대부분의 일은 스스로 하시니까요."

"도사라는 건 제 어머니를 말씀하시는 거죠……?"

"네? 예, 그런데요. 혹시 모르셨나요?"

미츠키는 살짝 놀란 것 같았다.

"아뇨, 다른 사람에게 들었는데 제대로 확인한 적은 없었어요."

부모에 대해서는 태양교 수녀인 아카리에게 들었을 뿐이다.

"그렇습니까—. 예, 당신의 어머님이에요. 아버님이 선대 도사인데, 그분도 저희에게는 도사와 마찬가지죠. 신도들은 두 분을 합쳐서 '도사'라 부르니까요—."

"우리 부모님은 세트인가요……."

"표현은 둘째 치고 그런 느낌이네요—."

미츠키가 일어서더니 샤워기로 차가운 물을 끼얹었다.

"자, 태양의 소녀도 일어나세요. 몸을 깨끗하게 할게요—."

어쩐지 즐거워 보이는 미츠키가 샤워 노즐을 잡고 자비

없이 냉수를 뿌린다.

"저, 저기, 좀 차가운데요."

"차가우니까 좋죠—. 몸을 정화하려면 차가운 물이어야 해요. 세피 아가씨, 이 정도는 용서해주세요. 필요한 일이랍니다."

"……이상한 짓을 하면 눈 깜짝할 사이에 목을 꺾을 거야."

세피는 조금도 방심하지 않은 듯하다.

그렇기에 히나코도 이 수상한 수녀에게 등을 돌릴 수 있는 거지만.

"괜찮대도요—. 자, 태양의 소녀, 이걸로 목욕재계는 끝입니다. 수고하셨어요—."

"……정말로 몸을 씻을 뿐이로군요."

"의심하는 것도 어쩔 수 없지만, 은근 상처네요—. 에잇."

"앗……."

미츠키는 히나코의 등을 손가락으로 슥 쓰다듬고 나서 일어났다.

"잠깐, 너……뭐하는 거야."

"가벼운 스킨십이에요—. 죄송합니다, 태양의 소녀를 뵈어서 좀 흥분한 것 같아요—."

"그 이상 묘한 짓을 했다가는 진짜로 꺾어버리겠어."

세피는 전라의 미츠키를 매섭게 노려보았다.

"알겠습니다. 제가 꺾였습니다. 그럼 정말로 갈까요—."

히나코의 심장이 크게 쿵쾅거렸다.

상당히 애를 태웠지만 마침내 대면할 때가 왔다.
쿠로가 없어도 세피가 있다.
아무 걱정할 필요 없다.
그래야 하는데――히나코는 커지는 심장 소리를 억누를 길이 없었다.

욕실이 있는 방을 나와 복도를 나아가기를 삼 분여――.
"네, 오래 기다리셨습니다―. 이쪽이에요."
미츠키는 복도의 막다른 곳에 있는 문 앞에서 멈추어 돌아보고는 생긋 미소 지었다.
"정말로 여기까지 올 동안 누구와도 만나지 않았네……."
세피는 주위를 빈틈없이 관찰했다.
히나코도 역시 이상하다고 생각했다. 아무리 그래도 사람이 너무 없다.
상당히 복잡하게 얽힌 구조라고도 해도 건물 안을 십 분가까지 걸었다. 이만큼 거대한 건물에 사람 한 명 없다는 건 이상하다.
"그러네요―. 아마 도사가 사람을 물렸겠죠. 태양의 소녀가 태양교에 좋은 인상이 없는 건 알고 있거든요―. 다른 신도의 모습을 보지 않도록 하려는 배려 아닐까요."
"그런 배려가 있는 인간이라고 생각하지 않는데……."
"세피 아가씨는 도사를 오해하고 있어요―. 도사는 오만 명의 신자가 있는 태양교의 정점에 선 분이랍니다. 훌륭한 분이세요."

"……아, 그래."

세피는 미츠키의 말을 처음부터 믿지 않았던 모양이다.

친딸을 가두었다는 사실은 세피에게도 그만큼 심각한 듯하다.

쿵, 쿵, 히나코의 심장은 여전히 빠르게 뛰고 있다.

평소의 마이페이스는 어떻게 된 걸까, 스스로도 신기하다.

15년 동안 자신을 가두고 한 번도 만나러 오지 않았던 부모. 그 두 사람이 이 문 너머에 있다——.

"어……?"

문득 히나코는 기묘한 사실을 깨달았다.

"왜 그래, 히나? 뭐가 있어?"

"아, 아뇨…… 좀…… 이상한 느낌이…… 냄새라고 할까……."

세피에게 대답하고 히나코는 반사적으로 주변을 둘러보았다.

딱히 아무것도 없는 리놀륨 바닥에 하얀 벽, 회색 문. 시야에 보이는 물체는 그게 전부다.

"냄새라니……? 설마 이상한 약물이라도 있어?"

"너무 안 좋게 생각하시네요—. 그런 게 있을 리가 없죠. 이 구역에서는 약 개발은 하지 않아요. 태양의 소녀, 어떤 냄새죠?"

"아뇨…… 어쩐지 기억에 있는 냄새 같은……. 무슨 냄새인지는 모르겠지만."

히나코는 횡설수설하면서 말한다.

갑자기 코를 간지럽힌 표현할 길 없는 냄새. 하지만 자신은 이 냄새를 분명히 알고 있다.

"죄송합니다, 별일 아니에요……. 가죠."

"……괜찮은 거지?"

진지한 눈빛으로 살피는 세피에게 히나코는 고개를 끄덕였다.

냄새의 정체는 마음에 걸리지만 여기까지 와서 확실하지 않은 일로 멈출 수는 없다.

"그럼 갑니다—. 실례합니다."

미츠키는 고분고분한 얼굴로 문 옆 패널을 조작한다.

다시 지문 인식을 하더니 덜컹, 덜컹 잇따라 자물쇠가 풀리는 소리가 들렸다. 상당히 엄중히 잠겨 있었다.

천천히 문이 열리고——미츠키가 먼저 안내하러 들어가고 이어서 세피가 히나코의 손을 끌면서 발을 내디뎠다.

열 평——아니, 열다섯 평에 가까운 넓은 방이었다.

바닥에는 새하얀 카펫이 깔려 있고 천장에 유리창이 있다.

문 반대쪽 벽에 서가와 침대가 있고 바닥에는 쿠션이 놓여 있다. 출입구 말고 다른 문이 하나 있는 걸 보니 다른 방으로 연결된 모양이다.

"여기는……."

히나코는 심장이 한층 크게 뛰는 걸 느꼈다.

그리고 심장 소리는 머리에서 날아가 버렸다.

어째서 냄새가 마음에 걸렸는지 그제야 히나코는 이해했다. 별로 이상한 냄새도 뭣도 아니다.

히나코에게 **그리운 냄새**가 났을 뿐이었다.

"히나, 왜 그래? 히나?"

"……여기는 제 방이에요."

"뭐……?"

"제 방이에요. 줄곧, 날 때부터 줄곧 제가 살던 방이에요……."

히나코는 거칠어질 듯한 호흡을 필사적으로 가다듬었다. 그러지 않으면 제대로 공기를 들이쉬지도, 뱉지도 못한다.

익숙한, 너무나도 잘 아는 광경이 히나코를 세차게 휘저었다.

철이 들 무렵부터 이 방만이 히나코의 세계였다. 천장의 창문으로 보이는 푸른 하늘과 구름, 그리고 태양만이 '바깥'이었다.

히나코의 몸과 마음을 오랫동안 가둔 악몽 같은 방.

두 번 다시 돌아오고 싶지 않다고 바라고――아니, 떠올리는 것조차 피하던 장소에 자신이 서 있다.

"잠깐만! 어쩔 작정이야! 이런 곳에서 만나겠다니――!"

"저한테 그러셔도…… 저는 이리로 안내하도록 명령받았을 뿐이고."

세피가 수녀의 어깨를 잡고 바싹 다가섰다.

히나코도 덤벼들고 싶을 지경이었지만 몸이 움직이지 않는다. 그저 가만히 방을 바라보는 것밖에 할 수 없었다.

"……응? 정말로 잠깐만…… 저기 천창, 깨지지 않았어?"

"어머머머—? 정말이네요, 언제 깨진 거죠—? 강화유리라서 간단히 깨질 리가 없는데요. 그건 그렇고……."

미츠키는 방 안을 두리번두리번 둘러본다.

"도사는 어디에 계신 걸까요. 여기서 기다리고 계셨을 텐데……."

"……히나."

세피는 히나코의 손을 꼭 쥐고 가까이 끌어당겼다.

안 그래도 히나코는 혼란스러운 상태인데 상황이 이상해지고 있다.

아니, 이미 사태는 시작되었는지도 모른다. 애초에 이 연구소에 사람이 없다는 점이 역시 기묘했다.

"세피, 저는 어떻게 하면……."

"괜찮아, 내가 있어. 하지만…… 왠지 불길한 예감이 들어."

"네……."

사람 없는 연구소, 히나코가 예전에 살던 방, 게다가 모습을 드러내지 않는 교주. 불안 요소가 지나치게 많다.

"두 분, 욕실을 살펴보실래요—? 이건 좀 확실히 이상하네요—."

미츠키가 지시하자 사이보그 두 사람이 또 다른 문에 권총을 겨누고 다가간다.

사이보그 하나가 문고리를 잡고——.

"…………윽!"

히나코는 깜짝 놀라 고개를 들었다.

유리가 사라진 창문에서 뭔가 떨어졌다.

쿵 하는 소리를 내며 카펫 위에 떨어진 그것은——**두 명의 인간**이었다.

사십 대 정도의 중년 남녀다. 남자는 흰머리가 섞인 머리카락을 올백으로 넘겼고, 여자는 검은 머리카락을 허리까지 길렀다.

두 사람 다 흰색을 기조로 곳곳에 금색 무늬가 들어간 마법사 같은 로브 복장이었다.

그리고 그 하얀 로브 복부를——새빨갛게 물들인 건 명백히 피다.

"저 사람들은……."

히나코가 작게 중얼거렸다.

"도사예요……. 대체 어째서 저런 곳에서…… 아앗!"

미츠키도 혼잣말처럼 중얼거리더니 이내 깜짝 놀란 표정이었다.

"치료해야 해요! 도사, 무사하십니까! 다행이다, 숨은 붙어 있어요!"

미츠키는 쓰러진 두 사람 곁에 허둥지둥 달려갔다.

히나코는 움직이지 못했다. 겨우 부모를 만났는데 천장

에서 떨어진 데다 피투성이다. 히나코가 아니라도 신속하게 대응하기는 무리일 것이다.

"저, 저도……."

그래도 히나코는 힘을 짜내듯이 한 걸음 다가갔다. 두 사람이 부모라면 굳어 있을 때가 아니다.

출혈이 엄청나다. 멈출 기미도 없다. 어쩌면 부모님은 이대로——.

"기다려 히나!"

갑자기 세피가 히나코의 옷깃을 붙잡고 뒤로 잡아당겼다.

그러곤 그대로 히나코를 감싸듯이 서서 성봉을 잡았다.

"세, 세피……?"

"뭔가……온다!"

세피의 외침과 동시에 또다시 갈라진 천창에서 뭔가가 떨어졌다.

이번에 낙하한 **그것**은 양다리로 착지하더니——천천히 히나코에게 향했다.

"뭐, 뭐죠……?"

히나코는 떨어진 그것을 빤히 바라보았다.

인간 형태를 하고 있었다. 키는 크지만 기껏해야 180센티미터 정도.

몸에 딱 붙는 검은 슈트를 두르고, 얼굴에는 머리 전부를 뒤덮는 검은 마스크를 쓰고 있다. 눈 부분에 가느다란 틈이 있지만 그 안쪽 눈동자는 보이지 않는다.

"잠깐만, 히나. 좀 더 물러나……. 내 검에 휘말리지 않게끔."

"세피……?"

"이 녀석…… 위험해. 뭐야, 이 엄청난 살기는……."

세피는 성붕의 검자루를 세게 쥐고 자세를 바로잡았다. 완전히 전투태세로 돌입한다.

"이놈을 쏘세요! 어서!"

갑자기 미츠키의 날카로운 목소리가 날아들었다. 동시에 문 앞에 있던 사이보그들이 권총을 연달아 발사했다.

탕, 탕, 총성이 실내에 울리고, 세피는 히나코를 재빨리 보호한다.

세피의 등 뒤에 들어간 히나코의 눈에 새까만 무언가가 총탄에 맞은 것처럼 뒤로 비틀거리는 모습이 보였다.

"……응?"

미츠키가 놀라서 작은 목소리를 냈다.

소리는 내지 않았지만 히나코도 놀라움을 감추지 못했다.

새까만 인간은 분명 머리와 가슴 부위에 탄환을 여러 발 맞았다. 그러나 충격으로 비틀거렸을 뿐 쓰러지지도 않았다.

"뭐야, 이 녀석……. 머리에 총 맞은 거 맞지……?"

세피가 중얼거리고――그 순간 새까만 인간이 움직였다. 갑자기 뛰어오르듯이 앞으로 뛰쳐나오더니 오른팔을 앞으로 내밀었다. 그 손목과 팔꿈치 사이에서 은색 칼날이 튀어나온다.

"…………!"

새까만 인간 앞에 있던 사이보그가 권총을 겨눈 순간 손목이 잘려나갔다. 새까만 인간은 손목을 베자마자 그대로 사이보그의 몸통을 두 동강 냈다.

"뭐, 뭐야 너는!"

처음으로 또 다른 사이보그가 말을 했다. 다시 권총을 연거푸 몇 발 쏘자 모든 총알이 명중했지만——새까만 인간은 잠깐 주춤할 뿐이다.

"어, 어떻게……."

달칵, 달칵, 허무하게 방아쇠를 당기는 소리만이 들린다. 이미 열 발 이상 쏴서 탄창이 비었다.

"악……!"

새까만 인간의 오른팔 검날이 번뜩이고, 사이보그는 비명을 지르면서 목이 베여 쓰러졌다.

사이보그 두 사람이 당하기까지 삼십 초도 걸리지 않았다.

역시 사이보그라고 해야 할까, 머리와 심장에 탄환을 집중적으로 맞춘 것 같다. 그래도 새까만 인간은 전혀 대미지를 입은 것처럼 보이지 않는다.

"설마…… 대체 누가 풀어준 겁니까……."

미츠키는 놀란 얼굴로 새까만 인간을 바라보면서 그렇게 말했다.

"역시 이 녀석은 댁들이 키우는 괴물이야?!"

"아, 아니에요—. 아뇨, 틀린 건 아니지만……. 이건 '레기

S NOVEL
비매품
검신의 계승자 7
© Yu Kagami 2013
Illustration: Mikeou
KADOKAWA CORPORAITON

온'이에요."

"레기온…… 그게 뭐야?"

세피는 새까만 인간에게서 눈을 떼지 않고 질문했다.

"사이보그와 마찬가지로 태양교에서 실험하는 병기 중 하나예요. 실험은 이 연구소에서 하고 있지만 다른 동이고, 엄중히 관리되고 있어요. 실수로라도 이곳에 있을 리가……."

"하지만 실제로 있잖아!"

전적으로 세피의 말이 옳다.

"그래서 레기온이라고 했나? 이 녀석은 뭐야?"

"사이보그에게 '에이징' 세포를 주입해 소디를 뛰어넘는 신체능력과 전투능력을 가진――하이브리드 병사예요. 자아가 없고 특별한 신호를 발신하는 기기를 지닌 상대 외 모두를…… 무차별로 공격하게 프로그램 되어 있다고 해요."

"……수녀님. 역시 저희를 죽일 생각이었나요……?"

히나코는 간신히 그 질문만 했다.

"아니에요! 태양의 소녀가 태양교를 원망하는 건 이해합니다. 15년이나 갇혔으니까요. 하지만 단순히 감금했던 건 아니에요. 당신을 지키는 목적도 있었어요. 도사의 딸인 당신은 귀중한 능력을 지녔으니까요."

"그러니까 죽일 리 없다는 겁니까……."

미츠키의 말은 설득력 있었지만 쉽게 납득할 수도 없다.

지금 당장 눈앞에 위협이 나타났고, 만나기로 약속했던 태양교 교주가 중상을 입고 쓰러져 있기 때문이다.

"……! 히나, 물러나!"

외침과 함께 세피는 성봉을 들고 뛰어들었다.

아까와 마찬가지로 새까만 인간——레기온이 덤벼든다.

오른손에서 튀어나온 검날을 세피를 향해 날카롭게 휘둘렀다. 히나코는 팔에서 튀어나온 비슷한 무기를 전에도 본 적 있었다.

죠라는 태양교 신도에게 이식한, 소디의 고향 소디아에서 에이징이라 불리며 날뛰던 괴물의 팔이다.

세피는 몸을 구부려 검날을 피하고 성봉을 부웅 휘둘렀다. 돌풍 같은 소리가 들리고 두꺼운 검날이 레기온을 압박한다.

그러나 레기온은 공중에서 휘릭 한 바퀴 돌아 뒤로 물러났다. 착지와 동시에 다시 앞으로 파고들어 오른팔의 검날을 번뜩인다.

"칫……!"

세피는 검을 힘껏 휘두른 불안정한 자세 그대로 몸을 살짝 비틀어 검날을 피한다. 어깨에 날이 스쳐 격통을 느꼈다.

쓰러지면서 한 손을 짚고 오른쪽으로 날아 레기온과 거리를 둔다.

"위험했어……. 소샤에게 배우기 전이었다면 팔이 날아갔을……지도 모르겠네!"

이번에는 세피가 레기온에게 단숨에 덤벼들었다.

상단에서 비스듬히 베기——히나코의 눈에는 희미해서

도신이 사라진 것처럼 보일 정도의 빠르기였다.

하지만 레기온은 이 공격도 옆으로 슬쩍 움직여 가볍게 피한다. 세피는 놀라지 않고 손목을 돌려 이번에는 성붕을 가로로 똑바로 휘둘렀다.

퍼억 하고 살이 부서지는 요란한 소리가 들리고, 레기온이 성붕의 묵직한 일격을 제대로 먹고 방 안을 굴렀다.

"정말이지 놀랍네……. 에이징과 사이보그를 섞어버리다니 터무니없는 짓 좀 하지 말아줘."

세피는 이마의 땀을 닦으면서 히나코를 향해 쓴웃음을 지었다.

히나코에게는 한순간의 공방으로 보였지만 세피에게도 쉬운 전투는 아니었던 듯하다.

"……앗! 세피, 저거!"

웬일로 히나코가 큰소리로 말했다.

세피가 휙 돌아선 곳에서――레기온이 벌떡 일어났다.

"말도 안 돼, 진짜로……?"

세피가 무방비한 말투로 되묻고 말았다.

히나코도 믿기지 않는 광경이었다. 레기온은 포탄의 직격을 먹은 것처럼 몸이 거의 다 파였다. 몸이 뜯어지지 않은 것이 신기할 지경이다.

"급이 다른 생명력이라고 들었지만 터무니없네요―……. 내장이 거의 사라졌을 텐데."

미츠키 역시 어리둥절했다.

에이징의 팔을 이식받은 죠도 상당히 강인하고 튼튼했지만 이 정도는 아니었을 것이다. 대체 어떻게 움직이는 것인가.

"농담이…… 아니야!"

세피는 레기온을 향해 가볍게 간격을 좁히고 성붕을 하단에서 베어 올리듯이 휘둘렀다.

레기온은 왼팔에서도 검날을 뽑더니 양팔의 검날을 합해 성붕을 막는다.

"뭐……?!"

게다가 날아가지 않고 그 자리에서 버텼다. 드드득 하고 레기온의 발이 바닥을 파고든다.

"설마 내 검을 막을…… 줄이야!"

세피도 두 다리로 버티고 그대로 검을 밀어 넣는다.

"피를 토하는 심정으로 소샤에게 단련을 받았는데…… 사람의 노력을 헛되이 만들지 마!"

검을 힘껏 휘둘러 레기온의 양팔의 검을 부수고 하단에서 턱까지 베어 올렸다.

레기온은 천장 근처까지 날아갔다 바닥에 떨어졌다.

하지만 그러고도 금세 일어나——.

"우오오오오옷!"

레기온이 갑자기 포효했다.

방의 공기가 찌릿찌릿해질 정도로 엄청난 외침이었다. 레기온은 무기를 잃고도 양손을 앞으로 뻗어 세피에게 덤벼든다.
"크윽!"
세피는 몸을 휙 낮추어 성봉을 예리하게 휘두른다. 한순간에 레기온의 양팔이 잘리고 방 벽까지 날아가 부딪쳤다.
"이제…… 적당히 해!"
이번에는 세피가 레기온의 동체를 한칼에 완벽하게 양단하자, 상반신과 하반신까지 벽까지 날아가 처박혔다.
"……헉, 헉, 헉. 아무리 그래도 이거라면……."
세피는 그래도 경계를 풀지 않고 두 동강 낸 레기온을 노려본다.
레기온은 아직 팔다리를 꿈틀거렸지만——금세 움직임을 멈추었다.
"죽은 것 같네요—. 역시 세피 아가씨…… 아앗, 도사! 도사!"
감탄하던 미츠키가 깜짝 놀라 쓰러진 두 사람 곁에 쪼그려 앉는다.
불과 몇 분 사이였지만 교주들의 몸 아래에는 커다란 피 웅덩이가 생겼다.
"……태양의 소녀. 이쪽으로 오세요."
미츠키는 맥을 짚고 상처를 살폈지만——이내 담담히 그렇게 말했다.
히나코는 그 말에 따라 교주들에게 단숨에 다가갔다.
그 모습에 미츠키가 교주들에게서 떨어지고, 히나코가

그곳에 앉았다.

"아…… 아버지와 어머니……인가요……?"

히나코가 묻자 여성 쪽이 고개를 들었다. 창백한 얼굴에는 죽음의 그림자가 드리워져 있다.

남성은 꿈쩍도 하지 않는다. 어쩌면 이쪽은——.

"그이는 죽었군요……. 설마 이런 형태로 끝나다니……."

여성은 얼빠진 목소리로 말했다.

문득 히나코는 그 여성의 얼굴이 자신과 닮았다고 생각했다. 앞으로 이십 년, 삼십 년쯤 지나면 자신도 이런 얼굴이 되지 않을까.

이미 움직이지 않는 남성과는 그다지 닮지 않았다.

아니, 어째서인지 낯익은 것 같기도 한데——히나코의 이목구비 중 어딘가가 닮았는지도 모른다.

"히나코인가요……."

여성은 힘을 짜내듯이 몸을 일으키고——눈을 가늘게 뜨며 히나코를 바라보았다.

그녀는 시선이 불안정하게 흔들렸다. 출혈 탓에 눈이 아물거리는지도 모른다.

"드디어 만났군요……."

"어째서죠. 어째서……."

히나코는 간신히 그 말만 했다.

어째서냐는 마음이 넘쳐났다. 묻고 싶은 건 얼마든지 있었다.

자신을 가둔 이유, 태양의 소녀의 비밀, 태양교의 목적, 그리고 갑자기 만남을 바란 이유——.

"많은 이야기를 할 시간은 없습니다……. 설마 실험용 레기온이 해방될 줄이야……."

"하나만 대답해주세요. 어째서…… 어째서 어머니는 제 곁에 있어 주시지 않았죠……?"

히나코의 눈에서 눈물이 뚝 떨어졌다.

저도 모르게 자신도 생각지 못한 의문점을 물었다.

자신에게는 도통 인연이 없던 부모. 자신을 가둔 장본인.

그러나 얼굴도 몰라서야 원망할 길도 없었다. 그저 마음에 걸렸다. 그들은 어째서 딸인 자신을 만나주지 않았을까.

줄곧 곁에 있던 시종들의 애정은 느꼈다.

하지만 히나코가 정말로 원한 것은 아버지와 어머니라 부를 사람들이 사랑해주고 꼭 끌어안아주는 것이었다.

외롭게 자란 그녀이기에 그 마음은 누구보다도 강했다——.

"……당신은 틀림없이 제가 배 아파 낳은 아이입니다. 사랑스럽지 않을 리가 없지요. 하지만…… 곁에 있을 수는 없었습니다."

"어째서……?"

"당신은 황금의 빛에 싸여 태어났습니다. 태양의 소녀……. 70년 전 대전 때에도 있던 성녀도 똑같았다고 들었습니다. 하지만……."

여성——히나코의 어머니, 태양교의 교주는 훌쩍 먼 곳

을 바라보는 듯한 눈을 했다.

“당신은 인류의 희망인과 동시에 **이번에야말로** 파멸적인 종말을 초래할지도 몰라요. 당신을 사랑하지만…… 태양의 소녀는 두렵습니다.”

“…………!”

히나코는 몸이 움찔하고 굳었다.

두렵다――? 친어머니가 나를 두려워하는 거야?

“이미 당신도 자신이 평범하지 않다는 사실은 알고 있을 겁니다. 자신이 무슨 일을 할 수 있는지도. 당신이 짊어진 운명은 너무나 무겁습니다. 저에게는, 아니――저희에게는 그 짐을 함께 짊어질 각오가 없었어요…….”

“그래서…… 그래서 저를 줄곧, 줄곧 가두고……. 한번도 만나주지 않았던 건가요……!”

“예, 맞아요……. 당신에게는 정말로 몹쓸 짓을 했어요…….”

교주는 한 손을 슥 뻗어 히나코의 볼을 만졌다. 히나코의 볼은 눈물로 젖어 있었다.

“당신을 죽였어야 했어요…….”

“…………!”

“그랬다면 이런 괴로운 일도…… 당신을 괴롭히는 일도 없었을 텐데…….”

“당신…… 어머니잖아요! 그런 표현은……!”

세피가 외쳤지만 히나코는 그녀의 말은 듣지 않았다.

세피는 고개를 작게 젓고 어머니에게 물었다.

"……제가 살아 있는 건 잘못인가요?"

"아뇨, 당신은 아무 잘못도 없어요. 틀린 건 70년 전 인연을 끊지 못한 저희예요. 당신을 평범하게 살게 하지도 못했고 죽이지도 못한 저희의 나약함이 모든 것을 망가뜨렸어요……."

모친은 히나코의 볼을 만지던 손에 힘을 꽉 주었다.

"아아…… 태양의 소녀 따위…… 태어나지 않았다면 좋았으련만……."

"그런 말…… 그런 말은 이기적이에요! 저는 이런 힘을 가지고 태어나고 싶었던 게 아니에요!"

히나코는 진심에서 우러나온 고함을 질렀다.

부모는 무정한 사람이라 상상했다. 자신을 가두고 테러 활동을 하는 태양교 교주이니까.

하지만 사태는 그보다도 나쁘다. 적어도 어머니는 무정한 인간이 아니었다.

구제할 길 없는 나약한 인간이고——.

그녀를 나약하게 만든 것은 히나코의 존재 그 자체다.

"히나코…… 앞으로는 더 이상 태양교에…… 당신, 은…… 절대로…… 절……대로……**그 아이의** 어리석은 꿈에는……."

"그…… 아이……?"

"전부 끝내요……. 태양은 다시 떠오르지 않아도…… 됩니다……."

교주는 히나코의 질문에는 대답하지 않고 시선을 살짝

움직였다.
그 눈은 깨진 천창 너머 태양을 바라보았다.
"우리는…… 틀리고…… 말았……."
"…………!"
히나코의 볼에 닿은 교주의 손이 천천히 떨어진다.
교주는 마지막 힘으로 눈을 감고――더 이상 아무 말도 하지 않았다.
태양교의 교주는――죽었다.
"어머……니……."
그럼에도 히나코는 죽은 여자를 어머니라 불렀다. 달리 부를 말이 없었기 때문이다.
그녀는 분명 히나코와의 연결고리를 가진 여성이었다.
이미 숨이 멎은 남성 역시 마찬가지다.
두 사람은 틀림없이 히나코의 부모다.
오늘까지 줄곧 히나코와 접촉 없이 지내다가――정말 마지막에야 만난 딸을 상처 입히고 죽었다.
"어……째서…… 어째서죠……."
"히나……."
세피가 옆에 몸을 웅크리고 히나코의 어깨에 손을 얹는다.
"세피……. 어머니가…… 아버지도……. 저, 어쩌면 좋죠……. 결국 아무것도 모른 채로……."
"됐어, 태양의 소녀의 비밀 따위. 내가 말할 수 있는 건…….

나는 히나 곁에 있어. 언제나 히나를 지킬게."

"…………."

히나코는 고개를 끄덕였다.

세피가 함께 와주어 다행이라고 진심으로 생각했다.

그러나 모친의 말로 마음속에 뚫린 커다란 구멍은——쉽사리 메울 수 없을 것이다.

"한동안 여기에 있어도 돼. 하지만 이 사람들도 이대로 둘 순 없잖아. 제대로 눕혀 드리고——."

세피는 거기까지 말하고 무언가를 깨달은 표정을 지었다.

수상하다는 듯이 주위를 둘러본다.

"잠깐만, 그 수녀는 어디 갔지?"

그 말을 듣고 히나코도 깨달았다.

여기에 있는 사람은 히나코와 세피, 숨이 끊어진 부모, 그리고 죽은 사이보그 두 사람과 레기온뿐이다.

어느새 미츠키가 방에서 자취를 감추었다.

게다가——.

"히나, 이럴 때 미안하지만 좀 시끄러울 것 같아."

세피는 일어나 난처한 표정을 지었다.

그녀의 시선 끝, 방 출입문에서 검은 그림자가 나타났다.

레기온——조금 전과 완전히 똑같은 모습의 괴물이 문을 통해 천천히 실내로 들어온다.

그것도 하나가 아니라 다섯 기다.

"설마 양산했을 줄이야……. 이런 위험한 물건은 하나만 만들면 좋겠어."

세피는 검을 잡고 전투태세를 취했다.

솔직히 히나코는 지금 당장 도망치고 싶었다. 더는 아무 생각도 하고 싶지 않았다.

어머니의 말 따위 잊어버리고 싶다.

그래도 도망칠 수는 없는 노릇이다.

이렇게 자신을 지키기 위해 위기에 맞서는 친구도 있다.

지금은 그저 세피에게 방해되지 않도록――.

세피는 으득 이를 꽉 물었다.

레기온의 전투력은 얕잡아 볼 수 없다. 에이징의 팔을 이식받아 온몸에 세포가 퍼진 죠라는 남자는 상당히 강했던 듯하다.

마찬가지로 에이징의 세포를 이식받은 레기온은 평범한 소디 검사로는 대적할 수 없으리라.

그러나 지금의 세피는 평범한 검사가 아니다.

천검 소샤는 검의 달인이거니와 가르침에 관해서도 칠검 중 톱이라고 한다. 겨우 며칠이었지만, 그런 소샤에게 밀착 지도를 받았다.

자신의 움직임에 불필요한 부분이 얼마나 많은지, 힘을 헛되이 쓰고 있었는지. 자신의 검기가 얼마나 미숙했는지 깨달았다. 생각할수록 저도 모르게 얼굴을 붉힐 정도다.

"해주겠어……!"

괴물 같은 레기온 다섯 기를 모두 합해도 소샤보다 강할 리 없을 것이다.

그렇다면 두려울 것 하나 없다.

"윽……!"

그렇게 결의를 다졌을 때, 레기온 다섯 기가 일제히 덤벼들었다.

그들은 상호 연대 따위는 조금도 생각하지 않는 것 같다. 머릿속에는 그저 눈앞의 사냥감을 처리하는 일밖에 없는 듯하다.

세피는 동요하지 않고 있는 힘껏 성붕을 휘두른다.

검날이 아니라 도신의 등을 이용해 부채질하듯이――성붕으로 더욱 빠르게 간격을 좁혀온 레기온의 복부를 때렸다. 우두둑 뼈가 부서지는 끔찍한 소리가 들린다.

그대로 검을 힘껏 휘둘러 첫 번째 레기온을 뒤쪽에서 접근하던 세 기와 함께 날려버린다.

"너무 밀집해 있다고! 결국은 짐승이구나! 나는 짐승을 엄청 잘 다루거든!"

세피는 반쯤 자포자기하며 외쳤다. 짐승이란 물론 쿠로를 말한다.

세피는 외치면서도 멈추지 않는다. 날아간 동료를 개의치 않고 공격하는 레기온 하나를 어깨부터 비스듬히 벤다.

벤 직후에 몸을 돌려 검날이 튀어나온 양팔로 공격하는

두 번째 레기온의 몸을 두 동강 냈다.

평소보다 더 깊이 베어 철저하게 육체를 파괴하는 참격이었다.

"나머지 세 기!"

날아간 세 기가 자세를 바로잡고 다시 공격한다.

세피는 냉정하게 그 자리에서 성붕을 휘둘렀다. 검끝도 닿지 않을 만큼 거리가 있지만——문제는 없다.

열공인(裂空刃)——세피만이 구사하는 검. 도신만 몇 미터 앞에 나타나게 해 적을 베는 비기다.

"크아아악!"

맨 뒤에 있던 레기온이 갑자기 눈앞에 나타난 검날에 머리가 거의 날아갔다.

탄환이라면 모를까 세피의 호검을 머리로 받으면 살지 못할 것이다.

"큭……!"

세피는 성붕의 도신을 원래 자리로 돌려놓으며 레기온의 검날을 몸을 젖혀 피한다.

역시 빠르다. 소샤에게는 크게 미치지 못하지만 충분한 속도다. 절대 여유롭게 피할 수준이 아니다.

"하지만——!"

소샤의 속도에 익숙해진 눈에는 그다지 위협이 아니다.

세피가 연거푸 공격하는 레기온 두 마리의 검날을 피하더니 성붕을 크게 휘둘렀다. 레기온 두 기는 뒤로 뛰어 폭풍 같은 일격을 피했다.

"그럼 이제 끝이야——!"

세피는 성봉을 한 손으로 쥐고 한 발을 쓱 물려 몸을 비틀어 **힘**을 모은다.

소샤의 특기는 찌르기다. 세피는 지금까지 거의 쓰지 않았지만 극의의 일부를 배웠다.

"아아아아앗……!"

기합소리와 함께 성봉을 쥔 팔을 비틀면서 전방을 향해 찔렀다.

성봉이 회전하면서 주변 공기를 끌어들이더니 굉음을 내며 거대한 포탄처럼 나아간다.

다시 간격을 좁히는 레기온 두 기가 옆으로 뛰었지만 이미 늦었다.

레기온 두 기의 몸이 도신에 살짝 닿자, 도신이 믹서처럼 회전하면서 그들의 몸을 끌어들여 가루를 내버렸다.

육체가 파괴당한 레기온들은 벽과 바닥에 요란하게 부딪히더니——움직이지 않았다.

"성폭격쇄류(星爆擊碎流)——그럭저럭 쓸모 있을 것 같네."

세피가 성봉을 꽉 고쳐 쥐었다.

팔을 무리하게 비트는 기술이기 때문에 부담이 크지만 위력은 충분한 것 같다. 여럿을 한 번에 쓰러뜨리는 것도 가능한 듯하다. 이거라면 실전에서도 쓸모 있다.

"자, 히나. 가자. 미안하지만 일어나——."

살짝 떨어진 곳에서 안절부절못하며 앉아 있던 히나코에게 상냥하게 말을 건 순간, 세피는 기척을 감지했다.

"뭐야……?!"

천창을 홱 올려다본다.

천창에서 레기온들이――다섯 기, 여섯 기, 잇따라 들어온다.

"대체 몇이나 있는 거야……. 뭐야 이쪽에서도?!"

문에서도 레기온들이 우르르 밀려들었다.

큰일이다――세피는 즉시 후퇴를 결심했다.

이미 열 기 이상이다. 히나코를 지키며 이만한 숫자를 해치우기는 불가능하다. 도망치는 길밖에 없다.

"히나!"

세피는 히나코를 향해 팔을 뻗었다.

하지만 히나코는 레기온에게 둘러싸였는데도 그 자리에서 꿈쩍하려 하지 않았다. 공포에 떠는 것이 아니라――넋이 나간 것 같았다.

어쩔 수 없다. 그런 일이 있었으니까――.

세피는 마침내 만난 부모에게 상처받은 친구가 가여워서 견딜 수 없었다.

하지만 슬픔에 빠진 히나코를 그냥 두고 있을 수는 없다.

"히나, 부탁이야! 이쪽으로 와――!"

"……세피."

히나코는 그렇게 작게 중얼거렸을 뿐이었다.

그때——레기온 하나가 히나코를 향해 덤벼들었다.

세피는 심장이 멎을 것 같았다. 거리가 미묘하게 멀다. 이래서야 열공인도 소용없다.

레기온이 히나코를 덮치고 그 손이 그녀의 가느다란 목으로 뻗어——.

"…………어?"

세피는 놀라서 걸음을 멈추고 말았다.

눈앞에 펼쳐진 전개는 그만큼 뜻밖의 상황이었다.

"뭐…… 뭔가요, 이건……?"

히나코는 얼이 빠진 채 담담히 중얼거렸다.

그런 히나코 주변에——레기온들이 무릎을 꿇었다.

마치 공주에게 예를 다하는 기사처럼 가슴 앞에 팔을 교차시킨다.

어느새 세피 곁에 있는 레기온들도 마찬가지로 무릎을 꿇었다.

"이 녀석들 뭐야……. 우리를 죽이려는 게 아니야……?"

"모르겠어요……."

조금 전 그 수녀는, 레기온은 특별한 신호를 발신하는 기기를 가진 상대 외 모두를 죽인다고 했다.

설마 히나코가 그런 걸 가졌을 리가 없지만…….

"오—, 드디어 인식했나. 철렁했어. 신호가 아니라 얼굴 인식은 시간이 걸리나. 하—, 이런 이런."

"……너는."

세피는 문을 돌아보았다.

태양교 신도복을 입은 덩치 큰 남자가 문으로 들어온다. 안경을 쓰고 있는 얼굴은 분명 젊어보였다. 하지만 짧은 머리카락이 새하얗다. 왼손에는 거칠게 붕대가 감겨 있다.

미키하라 죠이치로――태양교 전 전투부대 리더였다.

세피는 방에 들어온 남자를 번뜩이며 쏘아본다.

"아마 죠였던가……. 왜 당신이 여기에 있지?"

이전에도 세피는 이 남자를 만났다. 죠가 검 학원에 침입했을 때다.

하지만 그가 여기에 있는 건 이상하다. 태양교의 죄를 혼자 모두 짊어진 죠는 복역 중일 터.

듣기로는 쿠로가 왼팔을 베었다고 했는데 팔도 원래대로 돌아왔다.

"음, 나한테도 사정이란 게 있거든. 내가 뒤집어쓴 죄가 사라진 건 아니고, 누군가 체포된 것도 아닐 거야. 별로 문제는 없어."

"이 괴물들은 네가 부리는 거야?"

세피는 성봉을 들고 자세를 잡은 채 히나코의 어깨를 안아 끌어당긴다.

"정확히 말하면 좀 다르지. 그래도 이 녀석들 일단 내 명령을 듣는 것 같아. 내 팔에 이식된 에이징의 팔은 레기온들의 체내에 잠재한 에이징의 세포보다 **상위**의 존재라던가. 짐승이란 놈들은 의외로 상하관계에 엄격하니까."

"결국 네 짓이란 거네! 이게 어떻게 된 일이야?!"
"아니, 잠깐만. 더 이상 위험할 일은 없으니까 잠깐 기다려줘."
죠는 거침없이 걸어가 바닥에 쓰러져 있는 히나코의 부모 앞에 무릎을 꿇었다.
"도사. 부디 평온히——."
죠가 짧게 기도와 함께 눈을 감고 잠시 침묵하더니 이내 다시 일어났다.
"나도 도사를 만난 건 처음이야. 형식뿐이라 해도 내 상관 같은 존재였고, 군에서는 죽은 사람에게 경의를 표하라고 배웠거든."
죠는 씩 웃으며 말했다. 그는 자위군 소속이었던 전 군인이기도 하다.
"그럼 설명해야겠지. 그 전에 레기온들. 방 밖으로 나가 있어."
죠의 말에 무릎 꿇었던 레기온들은 일어나 방에서 나갔다.
정말로 그에게 레기온들의 지휘권이 있는 것 같다.
"아니…… 설명 따위 아무래도 좋아. 당신 이야기는 듣고 있을 수가 없어."
"아니지, 들어야 해."
죠가 의미심장하게 웃는다.
"참고로 한 가지 알려두자면 이 연구소는 **백 기**의 레기온에게 포위되었어."

"백 기……?!"

세피는 흠칫 놀라 눈을 부릅떴다.

"아가씨가 아무리 강해도 태양의 소녀를 데리고 포위망을 뚫기는 힘들겠지? 말하는 김에 얘기해두자면 여기에 있는 멋진 오빠도 방해할지도 몰라."

"…………."

세피는 속으로 혀를 찼다. 레기온 백 기가 상대면 세피 혼자서도 쓰러뜨리기는커녕 완벽하게 도망치기도 어렵다.

그에 더해 죠까지 상대한다면 승산은 제로에 가깝다.

"아가씨, 이해한 모양이로군. 그럼 이야기를 계속할까."

죠는 일부러 정중하게 말한다.

"음, 내가 여기에 있는 건 신경 쓰지 마. 내가 생각해도 한심하니까. 폼 잡으며 퇴장한 주제에 또 이런 팔을 붙이고 돌아왔잖아. 그 부분은 지적하지 않는 게 연장자에 대한 예의야."

"너한테 예의를 다할 필요가 있는지는 앞으로의 이야기에 달렸어."

세피는 여전히 검을 든 채 말했다.

레기온이 없어도 죠라는 존재 자체가 엄청나게 위험한 존재다. 방심하면 무슨 짓을 당할지 모른다.

"아가씨는 가차 없구나. 뭐, 나는 됐어. 하지만 도사들의 명예는 별개잖아."

"아버지와 어머니의……?"

히나코가 멍하니 혼잣말처럼 중얼거렸다.

"그래, 그 분들이 너한테 무슨 얘기를 할 생각이었는지까지는 몰라. 하지만 덫이나 책략 같은 건 아니었어. 이 시설을 샅샅이 체크한 내가 하는 말이니 믿어도 좋아. 적어도 너와 대화를 나누고 싶었을 뿐인 건 사실이겠지."

"결국…… 이 사람들이 무슨 이야기를 할 작정이었는지는 알 수 없었어요……."

히나코의 말에 세피뿐만 아니라 죠까지 복잡한 표정을 지었다.

그러고 보니 확실히 히나코의 어머니는 딸의 질문에 대답했을 뿐 대체 무엇 때문에 만남을 원했는지 말하지 않았다.

죠의 말대로 교주는 히나코를 덫에 빠뜨리고자 했던 건 아니라고 생각한다. 레기온의 침입은 그들에게도 예기치 못한 사태였을 것이다.

"태양교 무투파 리더가 레기온을 풀어줬다."

"뭐……? 그게 너 아니야?"

세피는 의아한 듯이 물었다.

"나는 선대 리더야. 이제 태양교에도 있을 곳 따위 없는 남자다. 지금은 음, 아르바이트 같은 거야. 벌써 새로운 리더가 군림하고 계셔."

"아니, 잠깐만. 태양교의 무투파는 파멸했을 텐데? 로우가 본부에 쳐들어갔을 때 대부분 당하지 않았어?"

"전멸한 건 아니야. 내가 관할하지 않은 부대도 존재해.

태양교의 전투원은 일반인이나 다름없는 인원까지 포함하면 이천 명 정도 돼. 게다가 본부에만 모여 있을 리 없잖아."

"……하긴 그러네."

세피는 순순히 고개를 끄덕였다.

설령 적이라 해도 정론이라면 받아들이는 사람이 세피라는 소녀다.

"다시 말해…… 그 리더가 제 부모를 죽인 범인인가요……?"

히나코가 담담히 물었다.

부모의 원수를 추궁하고 있다는 사실이 믿기지 않을 정도로 차분했지만 그녀는 결코 냉정하지 않다.

세피는 히나코의 어깨가 작게 떨리는 걸 알아채고 말았다.

"그렇게 되나."

죠는 작게 고개를 끄덕였다.

"도사들은 본부의 전력을 잃은 것을 계기로 온건파 쪽으로 기울었어. 태양의 소녀가 도망친 일도 영향이 있었을 수도 있지. 원래 호전적인 사람들이 아니었던 모양이고. 도사가 교도들 앞에 모습을 드러내, 전투를 버리고 신앙으로 살라는 선언을 할 가능성도 있었지. 오만 명의 신도 대부분은 그에 따를 거야."

"……그걸 탐탁지 않게 여긴 무투파가 교주의 암살을 실행한 거로군."

담담히 말한 세피였지만 불쾌하기 짝이 없어 속이 메슥거렸다.

다들 너무 이기적이다.

히나코의 부모도 그 부모를 죽인 자들도.

지금 세피에게 소중한 사람은 히나코뿐이다. 어떤 이유가 있든 그녀의 마음에 깊은 상처를 준 사람들을 용서하고 싶지 않았다.

"한 가지 더 덧붙이자면 놈들은 철저한 무투파다. 끝까지 할 거야. 도사를 암살한 것만으로 끝나지 않아."

"설마 히나까지……."

세피는 성붕의 검끝을 죠에게 향했다.

"아냐아냐, 그렇지 않아. 무투파도 온건파도 태양의 소녀가 얼마나 귀중한지는 잘 아니까. 무투파의 당면 과제는 태양교의 전권 장악이지. 이봐, 두 사람. 이 미로 같은 연구소를 돌아다녔지? 아무리 그래도 지나치게 조용하다고 생각하지 않았어?"

"레기온이 신도와 연구소 직원을 죽인…… 거야?"

"오늘 하루 신도와 연구소 직원들에게 입소 금지령이 떨어졌어. 대신 여기 모인 게 온건파 간부들이지. 도사는 간부들을 태양의 소녀에게 소개할 작정이었겠지. 평범한 첫 소개인지 그 이상의 의미가 있었는지는 모르겠다만."

죠는 떠벌떠벌 설명했다.

왠지 모르게 세피는 그가 자포자기한 것처럼 보였다. 죠 역시 이 사태를 납득하지 못한 것처럼 보인다고 해야 할까.

"이 연구소에는 휑뎅그렁한 회의실이 있는데 말이지. 서른 명 이상이 들어갈 만한 큰 방이야. 거기에 레기온 한 기만 집어넣으면 우와 신기해, 순식간에 바닥이 피바다네.”

“…………”

세피는 예쁜 입술을 일그러뜨렸다.

태양교의 온건파들이 이 건물 어딘가에서 몰살당해 송장이 되었다.

세피도 죽음에는 익숙했지만 비전투원이 죽는 건 좋아하지 않는다.

“중요한 놈은 놓친 것 같지만. 키도 유지…… 허투루 볼 수 없는 아저씨야.”

“잠간만, 그 사람이라면 로우 소꿉친구의……?”

“아, 아카리 자매님의 아버지지. 그 아저씨도 불렀는데 어째서인지 오지 않았어. 놈이 있는 한 무투파도 마음 놓을 수가 없겠지.”

“그래…….”

세피는 작게 고개를 끄덕였다. 변변찮은 이야기 속에서 쿠로의 소꿉친구 아버지가 재난을 피했다는 건 불행 중 다행이었다.

적어도 쿠로였다면 그렇게 생각했을 것이다.

“그래서 본론은 이제부터야. 태양의 소녀, 내용은 이해가 가?”

“……계속하세요.”

히나코는 그렇게만 대답했다.

눈을 내려뜬 채 여전히 가냘프게 떨고 있다. 이토록 역겨운 이야기를 들으면 떨리기도 하겠지.

"좋아. 무투파 리더는 이 연구소에 있다."

"여기에?! 이 소동을 일으킨 장본인이 있다고?!"

"자자, 아가씨. 그렇게 당황하지 마. 그분은 연구소 지하에 계신다."

"지하……? 이렇게 넓은데 지하까지 있어?"

"오히려 그쪽이 본부야. 태양교 시설로서는 말이지. 연구소라면 으레 수상한 지하시설이 있기 마련이잖아?"

"이상한 영화를 너무 많이 봤어."

세피는 죠를 흘깃 노려보았다.

"그건 낭만이라고. 여자는 이해 못 하나."

죠는 웃으며 말하고――갑자기 표정이 진지해졌다.

"리더는 태양의 소녀를 기다리고 있다."

"……그런가요."

히나코는 나직하게 말하고 발길을 돌렸다.

깨진 천창 아래까지 걸어가 하늘을 올려다보았다.

푸른 하늘에 얼마 없는 하얀 구름이 흘러간다. 구름은 어쩐지 소프트아이스크림과 비슷한 형태인데――히나코는 퍼뜩 놀랐다.

"여기에서 보이는 경치가 저에게 바깥세상 그 자체였습니다……."

하늘을 쳐다보면서 히나코는 천천히 말했다.

"언제였지, 카나에가 말했어요. 낭만적인 게 보이면 좋겠네요……라고. 낭만과는 인연이 없지만 그래도 저는 여러 가지 것을 보았습니다."

잠시 말을 멈춘 히나코는 부모의 시신 곁에 쪼그려 앉아 천천히 눈을 감았다.

"여기에서 모든 것이 시작되었습니다. 카나에가 도망치게 해주어서 쿠로우와 세피를 만나고 여러 사람과 만나고…… 다시 돌아와 버렸네요. 저에게 할 일이 있기 때문이겠죠……."

"히나, 너……."

"저는 이곳에 부모님을 뵈러 왔습니다. 아버지와는 이야기도 하지 못하고 어머니에게는 듣고 싶지 않은 이야기를 들었을 뿐이에요……. 하고 싶은 이야기는 달리 얼마든지 있었을 텐데. 어쩌면 제가 만남을 바라지 않았다면 일이 이렇게 되지는 않았을지도 모릅니다. 하지만 이미 되돌릴 수는 없어요. 그러니까."

히나코는 일어나서 평소와 다른 당당한 걸음으로 죠 곁으로 다가간다.

"저는 제 부모를 죽인 사람을 만나고 싶습니다. 어째서 그런 짓을 저질렀는지. 그 사람의 입으로 듣고 싶어요."

"……의미는 없을지도 모른다?"

"제 마음은 이미 정했습니다."

히나코는 조용히 대답했다.

그렇다. 결론을 내야 한다——세피 또한 그렇게 생각했다.
히나코는 태양교와의 관계와 15년간 갇혔던 과거에 결론을 내야만 앞으로 나아갈 수 있다.
그렇다면 세피는 친구로서 그것을 거들어줄 따름이다.
"좋아, 히나. 가자."
"네, 세피……."
히나코는 고개를 끄덕였다.
연구소 지하에 기다리는 인물이 누구든 히나코를 끝까지 지킨다.
여차하면 레기온 백 기도 상대해주마.
세피는 결의를 다지고 히나코를 향해 힘차게 고개를 끄덕였다——.

4장 그리고 돌이킬 수 없는 한 걸음을

앞장선 죠를 따라 세피와 히나코는 엘리베이터를 타고 지하 1층으로 내려갔다.

내려간 곳에는 엘리베이터 홀이 있고 그 너머네 좁은 통로가 이어진다.

"지하는 3층까지 있는데 엘리베이터로는 1층까지 내려갈 수 있나봐. 물론 리더가 계신 곳은 최하층이다. 미안하지만 수고해줘."

"상관없어."

세피가 대답하며 두리번두리번 주위를 둘러본다.

오른손으로 검집에서 뺀 성붕을 쥐고 왼손은 히나코의 손을 단단히 쥐었다.

무슨 일이 일어날지 모르는 이상 히나코에게 딱 붙어 있을 작정이었다.

"…………."

히나코는 예전에 살던 방을 나온 이후 단 한 번도 입을 열지 않았다.

그럴 만하다. 결말을 짓겠다——히나코는 그렇게 말했지

만 간단히 충격에서 회복할 수 있을 리가 없다.

교주의 시신은 수습하고 왔지만 부모를 방치하고 온 것도 마음에 걸리겠지.

빨리 리더인지 뭔지랑 만나서 히나코의 마음을 진정시킬 장소로 데려가야 한다.

"으—음, 어느 쪽이었지. 나도 이 시설에는 온 적 없어. 일단 겨냥도는 머리에 집어넣었는데 하도 복잡해서 말이지."

"헤매는 건 당신 마음이지만 이상한 짓을 했다가 즉시 목을 날려버리겠어."

"귀여운 얼굴인데 의외로 무서운 아가씨로군. 어이쿠, 이쪽이다."

모퉁이를 돈 죠가 옆에 있는 문을 열었다.

문 너머로 긴 복도가 이어진다. 아무래도 이 지하는 정말로 복잡한 구조인 듯하다.

"히나, 걸어야지. 천천히 걸어도 돼."

"…………."

역시 묵묵부답인 히나코는 마치 걷는 법을 잊어버린 것처럼 발걸음이 불안하다.

"잠깐 쉴래? 무리하지는 마."

세피는 쥐고 있던 손을 떼고 히나코의 어깨를 상냥하게 만졌다. 아무리 히나코 자신의 의사라 해도 역시 리더에게 가는 건 그만두는 편이 나을지도 모른다.

"미안하군."

"응?"

세피가 돌아보자마자 **주먹**이 보였다.

붕대로 감싼 죠의 왼쪽 주먹이 세피의 안면으로 날아들었다.

"크윽……!"

세피는 순간적으로 팔을 들어 주먹을 막았다——그러나 거대한 해머로 맞은 듯한 충격과 함께 몸이 붕 떠서 몇 미터나 뒤로 날아갔다.

"큭, 크윽, 으으윽……!"

간신히 착지한 세피는 바닥을 드드득 파내면서 더욱 몇 미터 물러나고 말았다.

"뭐야, 잠깐……?!"

간신히 멈춘 세피의 눈에 믿기지 않는 광경이 보였다.

죠가 히나코를 안고 달렸다. 게다가 복도를 차단하듯이 천장에서 강철 셔터가 고속으로 내려왔다.

"기, 기다려!"

세피는 달려갔지만 너무 늦었다. 셔터가 완전히 닫히며 히나코와 죠의 모습도 전혀 보이지 않게 되었다.

"우, 웃기지 마! 이런 셔터 따위!"

세피는 성붕을 들고 셔터를 향해 단숨에 내리쳤다.

탕, 하고 굉음이 들리고 셔터가 몇 센티미터 찌그러졌지만——그뿐이었다.

"에에에……?! 이 셔터 뭐야! 내 검으로 부술 수 없다니!"

이어서 세피는 두 번, 세 번 셔터에 참격을 먹였다.

그러나 셔터는 찌그러질 뿐 조금도 부서질 기미가 없었다.

성폭격쇄류라면——아니, 참격을 먹였을 때 난 반응과 소리로 유추해보았을 때, 이 셔터는 상당히 두껍다는 걸 알 수 있다. 최대 기술로도 부수지 못할 가능성이 크다. 그렇게 되면 쓸데없이 신체에 부담을 줄 뿐이다.

"제길—! 그 자식은 역시!"

세피는 발길을 돌려 달렸다.

이토록 복잡한 구조의 건물이다. 다른 루트로 죠가 가는 곳에 이를 수 있을지도 모른다. 문을 부수기보다 그쪽에 거는 편이 가능성이 높을 것이다.

"…………윽!"

끼기기긱 하고 기묘한 소리가 들리고 신발에서 연기가 피어오르면서 세피는 급제동을 걸었다.

원래 왔던 길에서 검은 그림자가 여럿——레기온들이 달려왔다.

"정말로 빈틈이 없네……. 결국 덫을 잔뜩 설치해놓은 거야?"

세피는 레기온들을 노려보면서 말했다.

이 지하시설에는 조금 전 셔터 같은 장치가 몇 개나 있을 것이다.

죠는 처음부터 틈을 봐서 세피와 히나코를 떨어뜨릴 작정이었으리라.

"아아, 열받아! 이러면 내가 동행한 의미가 없잖아!"

나타난 레기온은 열 기 이상. 전부 상대하다가는 시간을 너무 지체한다.

애초에 이만한 숫자가 한번에 공격하면 세피가 당하기 십상이다.

"그래도 나는 아직 괜찮은 건가. 또다시 납치당하다니 히나의 불운도 상당하네……. 평소처럼 얼른 구해야 해!"

세피는 힘차게 달렸다. 밀려오는 레기온을 두려워하지 않고 속도도 줄이지 않았다.

"우오오오오오오오옷!"

세피는 아가씨답지 않은 소리를 지르고 가장 빨리 접근한 레기온에게 성붕을 전력으로 휘둘렀다.

묵직한 성붕의 검날이 레기온의 왼쪽 어깨에 박혀 그대로 오른쪽 옆구리까지 단숨에 벤다. 레기온의 몸은 절단되어 날아갔다.

멈추지 않고 몸을 낮춘 뒤, 다음 레기온의 두 무릎을 한 번에 절단한다. 양다리가 잘린 레기온은 세차게 쓰러져 데구루루 굴러간다.

"크윽……!"

이번에는 레기온 네 기가 동시에 공격한다. 넷 다 양팔에서 칼날이 튀어나와 무시무시한 기세로 검을 휘둘렀다.

이 숫자는——해치울 수 없다! 세피는 눈을 부릅떴다.

성폭격쇄류로 한번에 해치우려 해도 레기온이 너무 가까워서 힘을 모을 시간이 없다.

치명상이 되지 않을 정도로 검을 몇 번 맞고 놈들의 틈을 만드는 수밖에 없다!

세피는 각오하고 레기온에게 부딪칠 듯이 파고들어——.

"세피 님! 엎드려!"

"…………!"

갑자기 들린 목소리에 세피는 반사적으로 따랐다. 거의 바닥에 쓰러지듯이 몸을 숙인다.

숙이면서 세피는 보았다. 예리하게 찌른 검날이 레기온 넷을 잇달아 꿰어가는 것을.

"그아아아아악!"

레기온들이 비명을 지르고 두꺼운 검끝이 정수리를 관통해 숨이 끊어진다.

이 괴물도 머리를 검으로 관통당하면 치명상은 피하지 못하는 모양이다.

"무사한가, 세피 님!"

"……회장?"

세피 곁으로 세이버즈 제복 차림의 이슈트가 달려온다.

"다행이다, 다친 곳은 없는 것 같군. 너도 실력이 꽤 늘었잖아."

"하지만 이런 놈들에게 당할 뻔——앗, 회장! 위험해!"

이슈트의 등 뒤에서 나머지 레기온이 칼날을 번뜩이며 덤벼들었다. 무승부도 불사하겠다는 동시 공격이었다.

"——알아."

이슈트는 냉정하게 말하더니 침착하게 돌아보았다.

가볍게 뛰어올라 레기온 여섯 기의 칼날 여러 개를 몸을 살짝 틀어 피한다. 피하면서 오른손으로 쥔 뇌랑아의 도신에 왼손을 더한다.

광인의 희미한 빛에 감싸인 뇌랑아가 더 강하게 여섯 번 빛났다.

"장전 완료. 뇌천육연섬(雷穿六連閃)."

이슈트가 오른팔을 뻗어 연속해서 찌르기를 쏟아낸다.

여러 번의 찌르기가 일격으로 보일 만한 속도——세피가 여태껏 보아왔던 이슈트의 검과는 예리함의 차원이 달랐다.

빠르기가 현격히 상승했는데 그 이상으로 검에 군더더기가 하나도 없다. 레기온의 검을 피하고 더욱 효과적인 궤도로 그들의 머리에 검끝을 찔러넣는다.

"훗……."

이슈트는 착지하더니 뇌랑아를 휙 털었다. 레기온들이 풀썩풀썩 바닥에 쓰러진다.

한순간에 여섯의 뇌를 관통하고 한순간에 검을 물린다. 기술이 너무 빠른 탓인지 도신에 얼룩 한 점 묻지 않았다.

"회장, 지금의 검은……."

"나도 잘은 모르겠지만. 확실히 여태까지의 나와는 다른 모양이다."

이슈트는 별거 아니란 듯이 말했다. 겸손은 아닌 것 같다.

"송곳니의 길에서 얻은 성과……인가요."

"그렇겠지. 상당히 내몰렸으니까……. 조금쯤 달라지지 않으면 수지가 맞지 않아."

이슈트가 질린 얼굴을 했다. 꽤나 괴로운 경험이었던 듯하다.

하기야 세피가 보기에 이슈트의 성장은 '조금쯤' 따위가 아니었다.

이미 칠검에 가까울 만큼――.

"그런데 이 녀석들은 대체 뭐야? 도통 죽지 않아서 놀랐어."

"네, 레기온이라고 태양교에서 실험하는 병기인가봐요. 아마도 다이너스트에서 만들었겠지만……. 응? 회장은 벌써 이놈들을 만났어요?"

"연구소를 이 녀석들이 포위하고 있었으니까. 전부 해치우는 건 확실히 수고스러웠어."

"전부?! 백 기는 있었을 텐데요?!"

아무리 그래도 그만한 숫자를 상대하기는――.

"백 기…… 그 정도는 있었나? 요령이 생길 때까지가 힘들었지."

"요령이라니……."

요령을 안다고 처리할 수 있는 숫자가 아니다.
세피는 소샤와의 훈련으로 실력을 상당히 올렸다고 생각했다. 그러나 이슈트는 더욱 위로 간 모양이다.
"아무튼 늦지 않아서 다행이야. 아니, 닷새 만에 송곳니의 길을 나올 작정이었으니까 이틀이나 오버한 거지만."
"아, 아뇨, 무사히 돌아오셔서 다행입니다."
세피는 위로가 아니라 진심으로 말했다. 어쨌든 살아 돌아올 확률은 1할이니까.
"송곳니의 길에서 조금 전에 나왔어. 여기까지는 대검성이 연줄로 수배한 헬리콥터를 이용했지."
"그랬군요……."
물론 교주와의 대면 장소가 이 연구소라는 건 대검성들에게도 알렸다. 동행은 한 사람뿐이라고 들었지만 장소를 가르쳐주는 건 금지하지 않았다.
"저런 괴물이 득실거리니까 더 이상 동행은 한 사람뿐이란 얘기를 할 때도 아니겠지."
"그건 그러네요……."
"문을 무수고 안으로 들어가 너희를 발견한 건 좋았는데 아무래도 수상한 지하로 내려가잖아. 섣불리 손댈 수도 없고 상황을 살피기로 했지."
"네, 수상하다고 생각은 했지만……. 앗, 이럴 때가 아니에요! 히나가 또 납치당해버렸어요!"
"그래, 지켜봤으니까 알아. 하지만 그렇게 허둥대지 않아도 될걸. 그 남자가 사쿠라이 히나코를 해치는 일은 없을 테니까."

"그건…… 그렇겠지만 히나를 혼자 둘 수는 없어요!"

"그러네. 하지만 걱정할 필요는 없어. 그보다 나도 의문인데 어째서 세피 님은 소년에 대해 묻지 않지?"

"읏……."

세피는 저도 모르게 한 걸음 물러나고 말았다.

맨 먼저 그걸 물으면 너무 속 보이는 것 같아서 부끄러웠다.

"소년도 송곳니의 길을 클리어했어. 물론 여기에 왔지."

"그, 그런가요……. 그런데 걔는 어디에 갔어요?"

"당연히 사쿠라이 히나코를 쫓고 있지――그렇게 말하면 세피 님은 기분이 상하나?"

"아뇨, 히나를 내버려두고 이쪽으로 왔다면 화냈을 거예요."

이 또한 세피의 본심이었다.

적어도 세피에게는 전투능력이 있다. 트러블을 자력으로 타개할 수 있다.

싸우지 못하는 히나코를 우선하고 구하러 가는 건 당연한 일이다.

"그런가. 허둥대지 않아도 된다고 말한 건 그런 이유도 있었어. 아마도 소년에게 맡기면 문제없겠지."

"……하지만 잠깐만요. 로우는 죠라는 남자를 라슈랑 둘이서 쓰러뜨렸죠."

"그때는 말이지"

이슈트는 자신에 가득차서 말했다.

적어도 쿠로 혼자 죠와 맞서는 건 조금도 걱정되지 않는 것 같다.

이슈트와 마찬가지로——쿠로 역시 송곳니의 길에서 힘을 얻었다는 뜻이리라.

쿠로와의 격차가 다시 벌어지고 말았구나——.

세피는 그런 생각을 이내 떨쳐냈다.

"회장! 역시 우리도 히나에게 가야 해요."

"그것도 그러네. 가자."

이슈트가 달리기 시작하자 세피도 옆에서 나란히 달렸다.

쿠로와 히나코, 소중한 두 사람이 기다리는 장소를 향해서.

쿠로는 그저 기다렸다.

세이버즈 제복을 입고 등에는 커다란 배낭을 멨다.

허리에는 당연히 애용하는 일본도가 있고 마나카의 무희도 꽂고 있다.

쿠로가 서 있는 곳은 조금 좁은 홀이었다.

세 방향으로 복도가 이어져 있고 쿠로의 뒤에는 계단이 있다.

쿠로는 함께 연구소에 잠입한 이슈트와 헤어져 세피를

따돌리고 도망친 죠를 쫓았는데——.

문득 무턱대고 달릴 필요가 없음을 깨달았다.

츠키무라 제약이라는 회사의 연구소, 그 지하시설은 엄청 넓고 복잡해서 아무렇게나 돌아다니면 미아가 된다.

히나코를 데려간 죠가 달려간 방향은 알고 있었지만, 마냥 쫓아가기만 해서는 따라잡을 수 없다.

그러나 쿠로는 알고 있었다.

그 태양교 남자가 가진 에이징 세포 탓일까.

농밀한 생물의 기척. 놈은 늘 그 기척을 내뿜으면서 이동한다.

원래 쿠로는 살기와 기척을 읽는 재주가 뛰어난 검사다. 송곳니의 길에서 극한 상황을 거쳐 그 감각을 더욱 연마했다. 앞질러 가기는 그렇게 어렵지 않았다.

"……왔나."

쿠로는 나직하게 말하고 고개를 들었다.

터벅터벅 발소리가 들리더니 홀 너머 복도에서 히나코를 옆에 안은 죠가 나타났다.

"우옷……?!"

"……어?"

죠와 히나코가 동시에 놀란 표정을 지었다.

쿠로는 예상대로 그들이 나타났기 때문에 별달리 놀랄 필요는 없었다.

"하하, 아저씨. 벌써 출소했네. 빵에서 고생했어."

"……어이 어이 꼬맹이. 어디로 들어온 거야. 애초에 태양의 소녀에게 허락한 호위는 한 사람뿐이잖아?"

"덫을 설치해 놓고 잘도 떠드네."

"하핫, 그건 그렇군."

죠는 웃으며 히나코를 그 자리에 정중히 내려놓았다.

"그런데 아저씨. 왼팔은 원래대로 돌아간 거야? 죽을힘을 다해 벴더니만."

"경찰에 증거품으로 보존되어 있었어. 그놈을 친절한 사람이 되찾아주고 덤으로 다시 붙여주더군. 아, 세상은 돈이 있으면 대부분 다 된다니까."

"검으로 어떻게 하는 것 보단 건전하긴 하네."

쿠로는 농담으로 대꾸했다.

세피를 덫에 빠뜨리고 히나코를 다시 납치한 죠가 이상하게 밉지 않았다.

원래 미워할 수 없는 남자였지만 지금의 죠는 이전과 어딘지 달랐다.

가벼운 성격인 건 여전해도 악의는 거의 느껴지지 않는다.

"이봐 아저씨. 히나코를 돌려줘. 그러면 당신은 못 본 걸로 해줄게."

"뭐……?"

"딱히 나는 당신과 싸우는 게 목적이 아니야. 태양의 소녀의 비밀도 알고 싶지만 무엇보다 히나코가 중요해. 개를 돌려줘."

"쿠로우……."

히나코는 가만히 쿠로 쪽으로 시선을 향했다.

그 눈이 평소보다 멍한 것처럼 보인다. 틀림없이 여기서 무슨 일이 있었던 거다.

"미안하지만, 꼬맹이. 그렇게는 못하겠는걸. 이건 임무야. 태양의 소녀를 어떤 사람에게 데려가는 거 말이지. 그건 태양의 소녀의 의지이기도 해."

"흐응……. 그렇다면 장소를 가르쳐주면 내가 데려갈게."

사정은 잘 모르겠지만 히나코가 바란 일이라면 그 사람한테 가는 건 상관없다.

그러나──자신이나 동료 외에는 히나코의 신병을 맡길 수 없다.

"하하핫, 역시…… 우리는 이렇게 되는구나, 꼬맹이!"

껄껄 웃던 죠가 안경을 벗고는 왼팔에 힘을 주었다.

왼팔이 부들부들 떨리는가 싶더니──단숨에 부풀어 올라 감고 있던 붕대가 튕겨나갔다.

"……그 모습은 몇 번 봐도 기분 나빠."

쿠로는 야유를 담은 눈빛을 보냈다.

한층 커진 죠의 왼팔에는 희미하게 붉게 빛나는 비늘이 전체에 나 있다. 손가락도 가늘고 길어져서 인간의 것이 아닌 손임을 한눈에 알 수 있었다.

소디의 천적, 에이징의 팔. 죠에게는 자신의 왼팔이면서 팔만이 의지를 가지고 움직인다.

"이런 무거운 걸 짊어질 때가 아닌 것 같군."

쿠로는 메고 있던 배낭을 천천히 바닥에 내려놓았다.

"그건 뭐지?"

"태양교가 준비한 장소에 가는데 대비 정도는 해야지."

쿠로는 허리를 쑥 내리고 일본도 검자루를 잡는다.

"지당한 말이로군. 꼬맹이, 가고 싶으면 마음대로 가. 거기 계단으로 3층까지 내려가서 곧장 가면 되니까. 하지만 그 전에——내 꼴사나운 발버둥을 봐달라고."

죠가 몇 미터 거리를 일직선으로 달려왔다.

쿠로는 침착하게 죠의 움직임을 끝까지 보고——발을 내디뎠다. 그러곤 검을 빼자마자 내려쳤다.

"우옷……?!"

죠는 쿠로의 옆을 빠르게 지나 계단 바로 앞에서 간신히 멈췄다.

그 왼팔 팔꿈치 안쪽에서 피가 솟구쳤다.

"내 팔을 벴어……?"

죠는 믿기지 않는 것을 보는 눈빛이었다.

이전에 쿠로가 죠와 겨루었을 때는 에이징의 왼팔에는 검이 통하지 않아 간신히 팔 관절을 절단했다.

"간단한 이야기지. 에이징의 팔도 관절이 있어서 구부러져. 관절 부분은 부드럽지 않으면 굽지 않잖아. 거기라면 검날이 들 거라고 생각했을 뿐이야."

"……그렇다고 해도 꽤나 간단히 베었잖아."

죠는 온몸에 에이징 세포가 퍼져서 신체능력이 향상됐다. 게다가 그는 자위군에서 훈련을 받은 전 군인이다. 전투능력은 충분히 갖추었다.

"아저씨와 겨룬 게…… 6월이었나. 벌써 두 달쯤 지났잖아. 그 사이 살짝 웃기지도 않은 훈련을 받았거든."

"하하하, 웃기지도 않은 훈련이라면 나도 실컷 받았지. 아무래도 전과는 완전히 다른 사람 같구나……."

죠는 지금의 일격으로 쿠로의 레벨업을 이해한 것 같다.

"그러면 쓰기 아까워할 여유는…… 없겠군!"

죠는 신도복 품에서 두껍고 긴 군용 나이프를 꺼내더니――나이프를 뜬금없이 자기 복부에 꽂았다.

"우오오오오오오오오오오오오오오오옷!"

죠는 공기가 찌릿찌릿 진동할 정도로 포효했다.

죠의 왼팔이 더욱 크게 부풀어 올라 이상한 크기가 되었다.

눈이 부리부리 커지고 입이 크게 찢어진다. 게다가 뾰족한 송곳니가 엄니 같아진다.

겉모습만 보면 이미 인간이 아니라 괴물이다.

"숙주의 생명 위기에 반응해 에이징 세포가 활성화되는 건가……. 아저씨, 안 그래도 무서운 얼굴인데 그래서야 여자한테 인기 없어."

"하하하, 감방에서는 남자한테도 인기가 없었지."

"별로 듣고 싶지 않은 이야기로군……."

쿠로는 기가 막혀 하며 변모한 죠를 빤히 바라보았다.

변신한 죠는 이제 살기 덩어리였다. 눈앞의 상대를 사냥하는 것밖에 생각하지 않는 괴물이다.

"하지만 이래도 너한테는 졌지. 또 다른 검성의 제자와 둘이 덤볐다고는 해도 말이야. 똑같은 방법으로 도전하는 건 그다지 현명하지 않겠군."

죠는 그렇게 말하더니 신도복 바지 주머니에서 작은 케이스 같은 걸 꺼냈다.

오른손만으로 케이스를 열어 들어 있던 약을 집어——몇 알을 한번에 입속에 넣었다.

"응…… 크윽…… 으으윽……."

약을 먹자 죠는 작게 끙끙거렸다.

그리자 몸에 더욱 큰 이변이 일어난다.

왼팔만이 아니라 오른팔도 부풀어 온몸의 근육이 크게 불어났다.

"크. 윽. 으오아아아악!"

쿠로에게는 원래 덩치가 큰 죠의 몸이 두 배가 된 것 같았다.

실제로는 그 정도는 아닐 것이다. 하지만 틀림없이 키는 2미터가 넘고 옆으로도 엄청나게 넓어졌다.

"어이 이봐, 아저씨. 진짜로 완전 딴 사람이잖아……."

"……에이징의 세포를 더욱 활성화시키는 약이야. 아직 시험 사용 단계인 것 같지만 아무래도 활용할 수 있을 것 같군."

"그딴 거 어떤 부작용이 있을지 모를 일이라고……."

쿠로는 황당해하며 말했다.

이만큼이나 육체를 **변형**시키는 약물이 무해할 리가 없다.

확실히 에이징 세포가 온몸에 퍼진 탓에 죠는 의식을 세포에게 빼앗기고 있다고 했었다.

이렇게까지 세포를 활성화시켜버리면 잠식당하는 속도가 빨라지는 건 분명할 것이다.

"당신…… 이제 오래 못 살겠어."

"손자를 안고 싶다는 생각은 안 해. 자…… 꼬맹이, 시간이 없는 나를 위해 같이 놀아보자고!"

죠가 포효하듯이 말했다.

이 자식은 정말로 죽을 각오다――쿠로는 어금니를 꽉 물었다.

"히나코, 이쪽으로 와! 계단 뒤에 숨어 있어!"

"…………."

쿠로의 목소리에 히나코는 비슬비슬 휘청거리듯 그의 옆을 지나가, 계단을 몇 단 내려가서 주저앉았다.

"아저씨, 불만 없겠지? 이러는 편이 당신도 전력으로 발버둥 칠 수 있잖아?"

"그래, 고맙다, 꼬맹아."

죠의 왼팔에서 검날이 튀어나온다. 뼈를 변형시킨 예리한 검이다.

부풀어 오른 팔과 함께 검날도 두껍고 거대해졌다. 저딴 걸로 베이면 잠시도 버티지 못할 것이다.

"이제 아저씨는 완전히 인간을 관뒀구나. 당신도 괴물이야. 8년 전에 괴물을 만났던 나는 그 괴물에게 살해당하지 않기 위해 검을 쥐었었지."

쿠로는 허리에서 무희를 뽑는다.

오른손에 일본도, 왼손에 무희를 쥐고 양팔을 축 내렸다.

"하지만 나는 지금도 계속 인간이야. 괴물은 될 것 같지 않아. 언제나——괴물 앞에 설 운명이지."

"괴물이라니 너무하군, 꼬맹이!"

죠가 왼팔을 크게 휘둘러 쿠로를 향해 내리쳤다. 2미터가 넘는 거구에 어울리지 않는, 민첩한 움직임이었다.

안 그래도 거대한 주먹이 쿠로의 눈에는 그보다 두 배 세 배 더 크게 느껴졌다.

죠의 왼손 주먹이 휘오오 하고 공기를 휘감으며 덮쳐온다——.

"어이쿠."

쿠로가 뒤로 살짝 뛰어 피하자 죠의 왼손 주먹이 바닥에 꽂힌다. 바닥이 부서지며 크레이터 같은 구멍이 생기고 파편이 튄다.

쿠로는 날아오는 파편 앞에서 꿈짝하지 않았다. 하나도 맞지 않는다. 파편의 움직임 따위 완벽하게 보였다.

"자, 결말을 낼까, 꼬맹이——쿠로!"

죠는 이번에는 오른손 주먹을 붕붕 뻗는다. 통나무가 덮쳐오는 듯한 엄청난 압력이었다.

쿠로는 오른쪽 왼쪽으로 스텝을 밟으며 주먹을 피한다. 펀치의 풍압만으로도 몸이 빨려 들어갈 지경이다.

이전의 죠와는 차원이 다른 파괴력이다. 약물 투여의 효과는 확실한 듯하다.

"역시 내 적은 성검의 제자! 너야!"

죠가 상쾌하다는 듯이 주먹을 휘두른다. 그의 잃어버린 왼팔을 쿠로의 스승, 검성 효카가 잘라낸 인연이 있다.

"그렇군, 당신을 저승에 보내는 건 내 역할이겠어. 사실은 라슈가 있으면 조금 더 편했을 텐데. 그 자식은 어디를 싸다니는 거야."

쿠로의 동문은 검성의 계승자를 결정하기 위해서 독자로 움직이고 있다. 소재가 불분명한 검성이 지녔던 명검 '구원피방(久遠彼方)'을 찾으러 갔을 것이다.

"…………읏!"

쿠로는 몸을 젖혀 갑자기 덮쳐온 왼팔 검날을 피한다.

앞머리에 살짝 스쳐 머리카락이 후드득 떨어졌다. 검의 풍압으로 넘어질 뻔하면서도 쿠로는 간신히 자세를 바로잡았다.

“아아, 아저씨는 역시 강해. 에이징의 힘일지도 모르지만 그 힘을 제어할 때까지 죽을 고생을 했다고 했나.”

“별로 대단치 않아! 난 괴물의 힘에 의지하는 수밖에 없었던 구제불능 아저씨라고!”

“하핫, 또 아저씨라고 인정했군.”

쿠로가 일본도를 휘둘러 왼팔의 검날을 받아넘기자 죠는 바람에 휘날리는 연처럼 옆으로 휘청이며 쓰러질 뻔했다.

“옷, 오오오오오오?”

벽에 부딪힌 죠가 겨우겨우 벽으로 몸을 지탱해 자세를 가다듬는다.

“지금 그거 뭐야? 고류인가 하는 그건가……?”

“고류 같은, 고류가 아닌 듯한…….”

쿠로는 나직하게 말했다.

시치미를 떼는 것이 아니다.

송곳니의 길에서 환영의 강적들과 만나고, 검성 효카와 겨루어 얻은 힘——아니, 되찾은 힘이라고 해야 할까.

몹시 애매해서 스스로도 어떻게 쓰면 될지 모르겠다.

적어도 연구소 바깥에서 기묘한 괴물들을 벨 때에는 평소의 고류밖에 쓰지 못했다.

지금은——그때의 힘을 쓰고 있다.

검을 쥔 감촉이 사라지고 자신의 신체마저 사라진다.

마치 자신이 없어지는 것 같다.

어쩐지 꿈속에 있기라도 한 듯한 붕 뜬 감각——.

"뭔지 모르겠지만 까불다가는 죽는다, 쿠로! 나는 너를 죽이고 싶어서 견딜 수 없거든!"

"……알아."

칠검들에 사형사 린네에 사라, 그리고 라슈.

다들 강렬한 '광', 참기, 살기의 덩어리 같은 검사들이다.

쿠로는 늘 그러한 보이지 않는 힘에 사로잡혔다.

그것들과 상대하며 기척을 지움으로써 검을 읽히지 않고 강적들과 싸웠다.

"상대가 강하면 강할수록——아저씨, 당신의 살기가 등등할수록 나는 더 예민해지는 것 같아."

그것이 고류의 경지.

검도 자신도 사라진 채 무가 되어 오로지 상대를 벤다——.

"무상(無想)——."

쿠로는 중얼거렸다.

"영문 모를 소리를 지껄이지 말라고, 쿠로—!"

죠가 바닥을 뚫을 기세로 달리기 시작했다. 그와 동시에 왼팔을 뒤로 빼서 힘을 모으더니, 폭풍같은 검날을 휘둘렀다.

하지만 쿠로는——도망치기는커녕 정면으로 죠와 맞섰다. 휘두른 검의 기세를 무희로 산들바람처럼 받아넘기고 오른팔의 일본도를 상단에서 내리쳤다.

"커헉……?!"

왼팔을 완전히 휘둘렀을 때 죠가 기묘한 비명을 질렀다.

죠의 왼팔이 절단되어 그대로 날아가 천장에 부딪쳤다 바닥으로 떨어졌다.

"뭐라고…… 또 내 팔을……. 아니, 베인 건 관절이 아니잖아……?!"

상박 부근부터 잘린 죠의 왼팔에서 붉은 피가 콸콸 흘렀다.

에이징의 피도 붉은 걸까, 아니면 죠의 혈액이 흘러들었기 때문일까.

"철보다 단단한 에이징의 팔을 인간의 힘으로 벨 수 있을 리 없어. 쿠로, 너…… 비늘과 비늘의 아주 미세한 틈을 노린 건가……!"

"관절을 노리기보다 살짝 어렵지만."

금속 덩어리가 아니니까 검날이 드는 것도 불가능하지 않다.

쿠로의 눈은 그 아주 작은 표적을 가려내고 있었다.

아니, 어디를 베야 할지――**검이 알고 있었다.**

"아저씨…… 여기까지 하자. 그 팔이 없으면 이길 가망이 없잖아?"

"팔이…… 없다면 말이지!"

죠는 떨어져 있던 왼팔을 발끝에 걸어 공중에 띄우고 오른손으로 잡았다.

그리고는 팔을 절단면에 붙인다.

"하, 하핫, 하하하하하핫!"

팔을 붙힌 곳에서 피거품이 뿜어져 나오고 살점이 부풀어 연결된다.

"이 망할 팔을 우습게 보면 곤란해, 쿠로! 이미 이 녀석은 나를 신체의 일부라고 인식하고 있어! 무슨 짓을 해도 떨어지질 않지!"

금세 왼팔의 절단면이 완벽하게 붙었다.

죠는 왼팔에서 튀어나온 검날을 오른손으로 억지로 꺾어서 그대로 한 손에 쥐었다.

그러자 왼팔에서 새로운 검날도 튀어나온다.

"이쪽도 이도로 갈까! 검날――뼈까지 이렇게 간단히 재생되다니 나도 놀랐어!"

"자작자연(自作自演)으로 놀라지 말라고, 아저씨."

쿠로는 웃으면서 말했다.

여전히 굉장한 죠의 살의였지만, 쿠로는 그 역시 가볍게 받아넘겼다.

"이봐, 쿠로. 내가 이렇게 말도 안 되게 수치스러운 삶을 살고 있는 이유는 태양교를 위해서도, 다이너스트를 위해서도 아니야. 검성 효카를 향한 복수도 이제 아무래도 좋아."

"그렇다면 당신이 이곳에 있는 이유는 뭐지."

"나를 빵에서 꺼내준 친절한 사람이 카나에의――여동생의 사진을 줬어. 그 녀석은 내 시시한 인생에서 유일한 자랑거리지. 상냥하고 강했던 그 애가 말이야. 카나에가 목숨을 걸고 지킨 태양의 소녀를 위해 사는 것도 좋지. 하지만——."

죠는 스읍 하고 크게 숨을 들이마셨다.

"너와 싸우고 알았다. 나는 결국 이것밖에 없다. 그저 전투 안에서밖에 있을 곳이 없는 거다!"

죠의 몸이 더욱 부풀어 오른 것처럼 보였다.

아마도 착각이겠지만——검날처럼 날카롭고 뾰족한 살기가 쿠로를 찌르는 듯했다.

죠는 모든 힘을 담아 마지막 공격을 퍼부으려 했다.

그의 생명 그 자체를 무기로 한 일격이 될 것이다.

"산다는 건 부끄러운 일이 아니야. 있을 곳 따위 어디에나 있어. 어른이라면 알겠지? 어른이니까 모르는 건가? 됐어, 아무래도 좋아. 죠, 당신의 모든 것을 보여봐——!"

"반가운 소리를 하는군, 쿠로!"

죠는 단숨에 간격을 좁히고 쿠로를 뒤덮듯이 두 자루의 검을 동시에 내리쳤다.

무상——다시 쿠로는 자신을 무로 만들었다.

검도, 자신의 감각도 소실되고 생각조차 사라져——.

쿠로 역시 오른손의 일본도와 왼손의 무희를 동시에 휘둘렀다.

"뭣…………!"

죠가 부리부리한 눈을 크게 부릅떴다.

쿠로의 이도와 죠의 이도가 충돌한다. 쿠로는 마주한 검날을 미끄러뜨리며 죠의 참격의 위력을 이용하면서 받아 넘긴다.

죠가 쥐고 있던 오른손 검날은 튕겨나가고 왼손에서 솟아난 검날은 뿌리 부분부터 부러졌다.

에이징의 뼈를 변형시킨 검날은 강력하고 단단했지만, 쿠로는 죠의 검 기세를 이용해 꺾어버린 것이다.

"후우웃……."

쿠로는 무의식중에 숨을 토해냈다.

"간다, 죠……."

쿠로는 나직하게 말하고 왼손의 무희로 죠의 몸통을 친다——.

이어서 일본도를 단번에 비스듬히 내려쳤다.

"커헉……!"

죠의 가슴에 새긴 두 줄기 상처에서 분수처럼 피가 뿜어져 나온다.

죠의 몸을 거의 양단할 정도의 치명상. 즉사해도 이상하지 않았다——그러나 온몸을 순환하는 에이징의 세포는 간단히 숙주를 죽게 하지 않는 모양이었다.

"또, 또냐……. 대체 네 검은 어떻게 되어먹은 거야……? 대체, 언제 베인 건지……. 한번도 눈을 떼지 않았……는데."

"내 검은 원래 그래. 상대는 언제 베였는지도 모르지. 하지만 무상의 검은——**나조차** 언제 벴는지 꿈이라도 꾼 것처럼 흐리멍덩해."

쿠로는 일본도와 무희를 꽉 고쳐 쥔다.

약간의 감각만이 이 손에 남아 있다. 그러나 언제 어떻게 벴는지 스스로도 분명치 않다.

"무서운 이야기로군……. 스스로도 알아채지 못한 새에 베는 거냐……."

죠는 털썩 두 무릎을 꿇고 가슴에서 피가 계속 울컥울컥 넘쳐났다.

점점 몸이 줄어들어 그는 양손도 바닥을 짚었다.

"당신도 충분히 무서워, 죠. 그렇게 다치고도 아직 쓰러지지도 않았으니까."

"에이징의 세포가 전력으로 몸을 치유해주지……. 대전에서 많은 인간을 죽인 에이징이 나만은 전력으로 살려주고 있으니…… 얄궂은 이야기로군……."

"당신은 살아."

쿠로는 양손의 검을 가볍게 흔들어 피를 제거했다. 그런 뒤 두 자루 검을 검집에 넣었다.

"얼마 전에 스노우화이트를 만났어."

"…………."

죠는 고개를 숙이고 아무런 대답도 하지 않았다.

"아카리와 함께 잠복했었는데, 스노우화이트는 건강해 보였어."

"……지금쯤 나를 잊지 않았을까."

죠는 힘없이 말했다.

아무래도 사이보그인 스노우화이트가 인간의 몸과 기계를 융합하기 위해 복용한 약의 부작용으로 기억을 잃은 것을 알고 있는 듯하다.

"잊은 것도 있고 기억하는 것도 있는 것 같아. 그러니까 당신이 스스로 확인해. 어디 있는지는 알려주지 않을 거지만."

"당치도 않은 소리를 하는군. 빵에서 나왔다한들 나는 자유로운 몸이 아니라고……."

"그런 것까지 내가 알 게 뭐야. 질리지도 않고 히나코를 납치한 당신을 보살필 의리는 없어."

스노우화이트는 아카리와 함께 자유검사단 병원에 있을 것이다.

죠가 간단히 갈 수 있는 장소는 아니지만 문제는 가려고 할지 말지다.

"……맞아, 질리지도 않고 말이야……. 이제 됐어, 얼른 가. 내 임무는 태양의 소녀를 그 사람에게 데려가는 것이지만……. 그건 너한테 맡기지."

"말하지 않아도 그럴 거야."

쿠로는 바닥에 둔 배낭을 주워서 멘다.

그리고 발길을 돌려 히나코가 기다리는 계단으로 걸어갔다.

"안녕, 죠. 이번에야말로 두 번 다시 만나고 싶지 않군."

"두 번이나 졌으면 충분해."

쿠로는 돌아보지 않고 걸어갔다.

이전 전투에서는 라슈와 둘이서도 애먹었던 적. 게다가 이번에는 더욱 강해진 죠를 스스로도 놀랄 만큼 간단히 쓰러뜨렸다.

무상의 검은 아직 자신의 의지로 마음대로 발동할 수준은 아니지만 틀림없이 쿠로의 검은 진화했다.

이런 검을 계속 휘두른다면 과연 그 너머에 무엇이 기다리는가——그건 아직 모른다.

쿠로와 히나코는 죠의 말대로 3층까지 내려가 일직선의 긴 복도를 걸어갔다.

세피와 이슈트를 기다려야겠지만 지하는 미로 같은 구조다. 죠의 기척은 지금은 완전히 약해졌다. 세피가 쿠로처럼 그의 기척을 쫓을 수는 없을 것이다.

지하는 휴대전화 전파도 연결되지 않는 데다 또다시 기묘한 괴물들——레기온이 나타날지도 모른다. 너무 한 곳에만 가만히 있고 싶지 않았다.

"참, 그렇지. 미안해, 히나코. 출발할 때까지 오지 못해서."

"……괜찮습니다. 세피가 함께였으니까요."

"그렇구나……."

쿠로는 다시 사과하는 건 그만두었다.

그보다 히나코의 마음이 딴 데 팔려 있는 게 마음에 걸린다.

히나코의 부모가 사망한 것, 어머니가 말한 것, 범인이 태양교의 새로운 전투부대 리더라는 사실은 이미 들었다.

그 설명 중에도 히나코는 전혀 감정을 드러내지 않았다.

15년이나 갇혀 있었던 것에는 복잡한 마음이 있겠지만 친부모가 죽었다. 가만히 있을 수 없을 텐데 슬픔조차 보이지 않는 건 이상하다.

하지만 쿠로는 히나코에게 어떤 말을 걸어야 할지 몰랐다.

"……도착했네요."

"응? 어, 어어."

복도 끝에 거대한 문이 보였다.

너비는 10미터, 높이는 4미터 가까이 될 것 같다. 두꺼운 강철문으로, 손잡이는 달려 있지 않았다.

"이거 어떻게 열지?"

쿠로는 고개를 갸웃하고 말았다.

문 옆에 카드리더와 키보드가 달린 패널이 있지만 당연히 카드키 따위 없다.

"읏……."

의아해하고 있는데 갑자기 패널에 달린 램프가 초록색으로 빛나고 드드드드 하고 둔중한 소리를 내면서 문이 옆으로 열렸다.

"엄청 꺼림칙하네. 하기야 여기까지 와서 돌아갈 수도 없지만."

쿠로는 히나코를 흘끔 보았다. 작은 동작이었지만, 히나코는 분명히 고개를 끄덕였다.

문이 완전히 열리자 쿠로는 신중하게 안으로 발을 디뎠다.

"……우오, 이게 뭐람."

쿠로는 저도 모르게 놀라서 소리쳤다.

문 너머에는 엄청나게 넓은 돔 형태의 공간이 있었다. 넓이는 야구장만 할까. 천장도 높아서 그야말로 돔구장 같다.

천장과 벽에 조명이 있어 은은히 전체를 비추고 있다.

주위 벽에는 캣워크가 갖추어져 있고 벽에는 대형 트럭이 충분히 들어갈 만한 엘리베이터가 여러 대 있다. 저 엘리베이터를 이용해서 지하에 건설자재 등을 운반했을 것이다.

유달리 시선을 끄는 것은 중앙에 세운 두꺼운 기둥이다. 기둥이 지면에 접해 있는 부분은 지름 5미터 정도의 원형 구멍이 뚫려 있고 깨끗한 물이 채워져 있다.

"수수께끼의 지하 공간인가……. 남자라면 흥분할 상황이로군."

"후후, 태평한 분이로군요—."

느닷없이 밝은 목소리가 들렸다. 중앙 기둥 근처에서 한 인물이 모습을 드러냈다.

"예전에는 군 시설이었던 이곳에는 한때 에이징 샘플이 반입되었다고 해요—. 그 괴물을 조사하려면 이만한 규모가 필요했던 거지요—. 그 시설을 전쟁 후에 제약회사가 매수한 거랍니다."

태양교의 수녀복을 입은 소녀다. 베일을 쓰지 않고 하얀 롱코트 같은 것을 걸쳤다.
그 코트는 이전에 히나코가 태양교 본부에 납치되었을 때 입은 것과 똑같다.
쿠로는 빈틈없이 소녀를 관찰하면서 히나코를 보호하는 위치에 서려다가——.
"여기에…… 있었나요……."
히나코는 홀로 빠르게 소녀에게 걸어갔다.
"어, 어이 히나코. 너 뭐하는 거야……. 아는 사람이야?"
"이 사람이 아까 저희를 부모님께 안내해준 사람이에요."
안내역 수녀가 있었지만 어느새 자취를 감추었다는 이야기는 히나코에게 들어 이미 알고 있었다.
그 수녀가 어째서 여기에…… 아니, 생각할 것도 없다.
"후후후, 미키하라 씨와 그쪽 사람의 배틀은 두근두근 조마조마했어요—. 그리고 미키하라 씨는 무섭네요. 영상이었지만 엄청난 박력이었어요—."
수녀는 옷 주머니에서 스마트폰을 꺼내 팔랑팔랑 흔들면서 말했다.
이야기로 추측건대 수녀는 스마트폰으로 연구소 안 감시 카메라 영상을——쿠로를 보고 있었던 모양이다.
"그런 건 아무래도 좋습니다……. 그보다 역시 당신이었나요……."
"어머나, 알고 있었던 것 같은 말투네요—."

"당신은 처음부터 명백히 수상했어요. 그리고……."

히나코는 수녀의 몇 미터 앞에서 멈추었다.

"아버지의 얼굴을 봤을 때 뭔가 위화감이 있었죠. 그걸…… 이제야 겨우 알았습니다. 혹시 당신은…… 저의……."

"오—, 멍—한 것처럼 보이는데 뜻밖에 예리하군요—."

소녀는 히나코를 향해 생긋 미소 지었다.

"태양의 소녀, 당신은 어머니를 닮고 저는 아버지를 닮은 모양이에요. 그렇지, 일단 풀네임을 가르쳐드릴까요—. 저는 사쿠라이 미츠키라고 합니다. 아름다운 달이란 뜻이죠. 쑥스러운 이름이네요—."

"사쿠라이라고……."

쿠로는 신음했다. 특별히 드문 성도 아니다. 하지만 지금 이 수녀의 말로 추측건대 결론은 한 가지밖에 없다.

"참고로 저는 올해 세븐틴이에요. 태양의 소녀보다 한 살 위죠. 그러니까 알기 쉽게 말하면 저는 사쿠라이 히나코의 언니랍니다—."

"언……니……."

히나코의 몸이 휘청이며 비틀거렸다.

쿠로는 허둥지둥 히나코의 등을 바쳤다.

무리도 아니다. 수녀가 정말로 히나코의 언니라면——.

"믿기지 않으세요? 하지만 으—음…… 그쪽 분은 아마도 세이버즈의 쿠로 씨로군요—?"

"……나도 완전히 유명인이네."

"세이버즈라면 정보는 파악하고 있겠죠? 태양교 교주에게는 딸이 있다고."

"그건……."

분명히 쿠로도 라슈에게 그런 이야기를 들은 적이 있다.

그게 히나코 얘기라고 믿어 의심치 않았는데…….

"태양의 소녀 존재는 극히 일부 간부만 알고 있었을 뿐, 엄중히 비밀이 지켜졌죠. 저도 후계자 다툼이나 여러 가지 위험이 있어서 존재는 공공연하게 드러내지 않았지만, 어느 정도 정보는 새어나간 모양이네요—."

세이버즈가 캐치한 '딸' 정보는 히나코가 아니라 언니였던 모양이다.

"당신이 제 언니라면…… 당신은……."

"참고로 이복도 이부도 아니고 당신과 완전히 똑같은 유전자를 이었답니다."

"그, 그렇다면…… 그렇다면 당신은 친부모를 죽인 건가요!"

히나코가 이번에는 몸을 내밀며 큰 소리로 외쳤다.

"직접 한 건 아닌데요—. 음, 레기온을 풀어 아버지랑 어머니를 없애는 김에 온건파분들을 깨—끗하게 청소한 사람은 저예요."

사쿠라이 미츠키는 주눅 든 기색도 없이 오히려 신난듯 이야기했다.

죄의식은커녕 후련해 보이기까지 할 정도다.

"……먼저 확인하겠는데 정말로 네가 전투부대 리더인가?"

"아—, 그랬죠. 그 부분을 아직 말하지 않았네요. 분명히 저는 전투부대 새로운 리더**였답니다**."

"꿍꿍이가 있는 말투잖아."

"죄송합니다, 저도 모르게 거드름을 피우고 마는 성격이에요. 연출을 아주 좋아하거든요—."

그야 그렇겠지, 하고 쿠로는 불쾌해하면서도 납득했다.

일부러 정체를 숨기고 히나코에게 접촉해 부모가 죽는 모습을 자매가 함께 지켜보기까지 했다. 정말이지 고약한 취향의 연출이다.

"후후후훗."

미츠키는 생글생글 웃고 긴 검은머리를 슥 뒤로 넘겼다.

"아버지도 어머니도 죽고 온건파분들도 죽은 지금, 무투파가 태양교의 실권을 쥐었습니다. 다시 말해 자동적으로 무투파의 톱인 제가 태양교의 톱——도사가 된 거죠. 와—, 짝짝짝. 축하 케이크를 받—고 싶어요—."

"…………!"

쿠로는 주먹을 꽉 쥐었다.

미츠키는 부모의 죽음을 슬퍼하는 건 고사하고 지위를 빼앗았다——.

"그런 이유로 저를 도사라고 불러주셔도 오—케이랍니다—."

"나는 태양교의 신도가 아니야."

쿠로는 슬슬 진심으로 눈앞의 소녀에게 검을 겨누고 싶

어졌다.
그렇지만 상대는 소디도 아닌 인간 여자애다. 아무리 화가 나도 벨 수는 없다.
"쿠로우……. 제가 이 사람과 이야기를 나누게 해주세요……."
히나코가 훌쩍 쿠로 앞으로 나간다.
두려움 없이 더욱 몇 걸음 나아가 미츠키 앞에 섰다.
쿠로는 팔짱을 끼고 사쿠라이 자매 곁에 섰다. 이 거리라면 미츠키가 어떤 나쁜 짓을 저질러도 순식간에 대응할 수 있다.
지금은 쿠로가 참견할 국면이 아니다.
나머지는——히나코에게 맡기는 수밖에 없다.

"태양교의 목적은 결국에는 소디 정부의 타도입니다—."
미츠키는 딱 잘라 말했다.
히나코가 따로 물은 것은 아니다. 미츠키가 멋대로 떠들기 시작했다.
"부자연스러운 일도 아니죠? 일본이 일본인이 아니라, 본디 이 세계 사람조차 아닌 소디들에게 지배당하고 있잖아요. 물론 소디들이 인간을 핍박하며 관리하는 건 아니지만 차별은 존재합니다. 그리고 규모가 되는 전력을 지닌 곳이 태양교밖에 없다고 하니 행동에 나서볼까 싶더군요—."
"그런 건…… 망상이에요. 태양교가 지금의 두 배, 세 배의 전력을 가졌어도 정부 타도는 무리예요. 저도 그쯤은 알아요……."

히나코는 언니의——언니를 자칭하는 소녀의 눈을 보지 않고 대꾸했다.

아직 그녀를 제대로 바라볼 수가 없다.

"저희에게는 조커가 있어요—. 물론 당신이죠, 태양의 소녀."

"저의…… 능력 말인가요……."

"당연하—죠. 이미 당신도 알고 있죠? 자신이 소디에게 대항하기 위한 능력을 많이 지녔다는걸요?"

히나코는 잠자코 고개를 끄덕였다.

몇 번이나 블레이즈의 술법을 봉인하고, 사라의 경우엔 '광'까지 봉인해버렸다.

"덤 같은 능력은 여러 가지 있지만 당신의 진가는 소디아를 잇는 하늘의 문을 여는 것. 그러면 소디들을 강제로 송환할 수 있답니다—."

"그런 일을 정말로 할 수 있다 해도…… 그걸 **해야 하는** 이유가 있나요?"

"당연히 있죠—."

미츠키는 틈을 주지 않고 대답했다.

"정말로 서로 똑 닮은 그 부부 같은 말을 하네요—. 확실히 소디 정부의 통치는 안정되었죠. 인간도 소디의 신분을 얻을 수 있고 기회도 있어요. 하지만 말이죠, 그래도— 역시 저희는 억압받는 쪽, 살려둔 쪽이랍니다—."

미츠키는 천천히 물을 담아둔 구멍——샘처럼 되어 있는 부근을 빙글빙글 돈다.

"우리 부모님은 태양의 소녀라는 조커를 가졌으면서 행동하지 않았어요—. 하는 일이라고는 추한 테러가 다였죠. 하기야—— 소디를 두려워한 게 아니라…… 태양의 소녀를 두려워한 것도 같지만요—."

"…………윽."

히나코는 움찔 몸이 굳었다.

태양의 소녀 따위 태어나지 않았어야 했다——어머니의 말이 머릿속에 되살아났다.

"70년 전 하늘의 문을 연 탓에 그—런 큰 소동이 났으니 무서워하는 것도 이해해요—."

"……소디와 인간의 전쟁 말인가요."

미츠키는 히나코의 말에 생긋 웃는다.

"원래 이 세계와 소디아를 잇는 문은 옛날부터 존재했어요—. 서로 왕래도 있었죠—. 평범한 사람에게도 잘 알려진 이야기예요. 하지만 당시 일본 정부와 소디 측 사이의 밀약이 있었던 건 그다지 알려지지 않았죠—."

"밀……약……?"

히나코는 멍하니 되물었다.

"70년쯤 전, 인간은 수렁 같은 대전으로 멸망하기 직전이었답니다. 한편 소디는 에이징을 두려워하는 나날을 보냈죠. 그래서 양측은 생각한 거예요. 일본 정부는 소디의 원군을 얻어 타국에 승리하는 것. 소디들은 일본에서 일부 영토를 받는 것. 물론 에이징 따위 없는 평화로운 땅이요—. 실정은 더 복잡했겠지만 대충 그런 계약을 주고받았죠—."

미츠키는 멈춰서 천장을 쓱 가리켰다.

"지구 쪽 태양의 소녀가 문을 열고 소디 쪽 문의 무녀라 불리는 특수한 일족의 소녀가 문을 열기 위한 에너지 공급원이 되었습니다. 문의 무녀는 엄청난 '광'을 지닌 괴물 같은 소디인 모양이에요—."

문의 무녀——그 힘을 현대에 이어받은 사람이 세피다.

분명히 그녀는 사라와의 전투 때 사검사도 뛰어넘는 압도적인 '광'을 내뿜었다.

"그 뒤 전세계에서 하늘의 문이 차례로 열렸습니다. 물론 일본에도요."

"결국에는……."

"맞아요, 그렇죠—. 소디는 지구의 군대에 총공세를 펼쳤답니다—. 일본도 포함해서요. 배신이에요, 배신. 지장인가로 불린 라나피라는 여자의 책략이에요. 그 여자는 '일부 영토'따위로는 만족하지 않았어요—. 어쩌면 소디 전원의 이민을 계획했는지도 모르겠네요—. 그만큼 소디아에서의 생활이 위험했던 거겠지만—……. 저희에게는 엄청난 민폐라구요—."

대전 후, 소디는 일본만을 자신들의 영토로 삼았다.

당시 지구에 있던 소디가 살기에는 이 섬나라 하나로 충분했다.

"소디의 지배는 벌써 70년이나 계속되었습니다. 이제 그만해도 되지 않나— 싶지 않으세요? 저는 생각했어요. 그러니까 다시 한 번 하늘의 문을 열 거예요. 큰 문을요—. 그래, 이를테면…… 이 세계에 있는 소디가 전부 들어갈 수 있는 문이요. 어머, 그쪽 분은 무슨 하고 싶은 말이 있어 보이네요—?"

미츠키는 빠르게 걸어가 쿠로 앞에 서서 그의 얼굴을 들여다보았다.

"……잠자코 있을 작정이었는데 말이야. 문의 무녀라는 건 요컨대 세피인 거지? 그 녀석이 그런 일을 도울 리가 없어."

"그렇겠죠—. 하지만 저희도 이번에는 소디의 손을 빌릴 생각은 없—답니다."

미츠키는 즐거운 듯이 웃고 양손을 크게 펼쳤다.

"문을 여는 에너지원인 문의 무녀의 파워는 굉장해요. 하지만 어차피 한 사람분의 에너지. 뭔가로 대용은 가능하지 않을까요—? 특히 이번에는 전 세계에 열 필요는 없답니다—. 소디 대부분은 이 나라에 모여 있으니까 일본에 큰 문을 하나 열면 그만이고—."

"대용……? 달리 세피 같은 파워를 지닌 녀석이 있어?"

"없어요—. 그러니까 말했잖아요. 소디의 힘을 빌릴 생각은 없다고. 하지만…… 저기요, 검성의 제자씨. 당신은 알죠? 인간에게도 미량이지만 '광'이 있다는 거."

"…………."

쿠로가 미심쩍은 표정을 지었다.

히나코도 그건 알고 있었다. 쿠로는 인간으로서는 예외적으로 '광'을 다룰 수 있다. 그는 아주 미량의 '광'을 억지로 끌어내 온몸에 두르는 '광신'이라는 기술을 쓴다.

그 '광'도 지금은 히나코가 봉인해버렸지만…….

"미량의 '광'도 긁어모으면 상당한 양이 된답니다—. 티끌 모아 태산이라고 하잖아요?"

미츠키가 오른손을 휙 높이 들었다.

쿠로가 드러온 것과는 다른 문에서 여러 태양교도들이 나타났다.

"어이, 무슨 짓이야?"

쿠로가 일본도의 검자루를 재빨리 잡았다.

"걱정하지 마세요. 그들은 평범한 신도예요—. 당신이 마음만 먹으면 눈 깜짝할 사이에 죽일 수 있는 무력한 사람들이죠—."

그 무력한 신도들은 미츠키의 말에 기분 나빠하는 기색도 없이 그녀 곁으로 다가가 정좌하더니 가슴 앞에서 손깍지를 끼고 고개를 살짝 들었다. 태양교의 기도 포즈다.

"태양의 소녀 일족은 옛날부터 지금까지 줄곧 열려 있던 하늘의 문 곁에서 살아왔습니다. 문의 영향으로 어느새 기묘한 술법을 쓸 수 있게 되었죠—. 그러다 언제인가 말도 안 되는 술법을 쓸 수 있는 천재가 나타나——그 뒤 드물게 그 핏줄에 태어나게 된 것이 태양의 소녀예요."

설명을 마친 미츠키는 선 채로 가슴 앞에서 양손을 깍지 꼈다.

그 양손이 희미하게 빛나기 시작한다.

"천재가 아니더라도 태양의 소녀 핏줄이면 이 정도 술법은 쓸 수 있답니다—."

미츠키가 양손을 휙 펼치자 동시에——.

"아앗……."

히나코의 몸이 황금색으로 빛났다.

자신도 몇 번이나 본, 이상한 힘을 쓸 때 나타나는 빛이다.

"어째서 갑자기…… 힘이 끓어오르는 거죠……?"

히나코는 중얼거렸다.

여태까지는 대부분 쿠로가 위기에 빠졌을 때 발현했다. 그러나 지금은 쿠로도 자신도 특별히 위기를 느끼지 않았다.

"겨우 열 명분이지만 당신에게 힘을 드렸습니다. 어때요, 언니도 이런 일을 할 수 있답니다—?"

"……하지만 그렇게 큰 힘은 아니에요. 이것만으로는……."

"태양교 신도는 오만 명 정도예요. 모두의 몫이 모이면 거대한 하늘의 문이 열리기에는 충분하다고 봐요—."

"오만 명……."

히나코에게는 그 숫자가 실감나지 않았다.

그러나 틀림없이 엄청난 인원이다. 지극히 미량의 '광'이라지만 그만큼 모이면…….

"하늘의 문을 열고 소디들을 강제 송환해서 마지막에 문을 닫습니다—. 하기야 에너지가 충분해도 그만한 술법을 쓰면 태양의 소녀는 죽지만요—."

"………….”

히나코는 한순간 무슨 말을 들었는지 이해하지 못했다.

내가——죽는다?

"선대 태양의 소녀는 문을 연 뒤 일 년쯤 몸져누웠다고 해요—. 그리고 문을 닫고——그 직후에 죽었다네요. 술법의 반동 탓에 몸이 산산이 부서져 형태도 남아 있지 않았다고 해요—."

"…………!"

사뭇 즐겁다는 듯이 말하는 미츠키를 보며 히나코는 얼이 빠지고 말았다.

그녀는 언니일 텐데——여동생이 죽을 수도 있다는 사실을 신이 나서 이야기했다.

"분명히 당신도 그렇게 되겠죠—. 아아, 이번에는 전세계에 열 필요는 없으니 운이 좋으면 원형 정도는 남을지도 모르겠어요."

"다, 당신은……."

히나코는 말이 제대로 나오지 않았다.

미츠키라는 이 소녀는 장난스러운 말투지만 틀림없이 진심이다.

"뭔가 불만이 있어 보이네요. 예, 그건 알아요—. 하지만."

미츠키는 천천히 히나코 곁까지 다가와 얼굴을 들여다보았다.

"15년이나 아무것도 하지 않은——아무것도 하지 못한 가여운 당신에게 역할을 드리려는 거예요. 긴말 하지 말고 따르세요."

"네놈……!"

"쿠로우."

격앙된 쿠로를 히나코가 온화한 목소리로 제지했다.

"와아, 무서워—. 저는 가녀린 여자아이니까 검을 겨누지 마세요—?"

미츠키는 농담처럼 말하고 한 걸음 뒤로 통 뛰었다.

히나코는 언니의 모습을 가만히 지켜본다.

"……어째서죠?"

"네—?"

"어째서 당신은 그렇게까지 소디를 돌려보내려고 하는 건가요……?"

"단순한 이유예요. 원래 태양교는 그러기 위해 만들어졌어요. 라나피에게 배신당하고 태양의 소녀를 잃고, 나라까지 빼앗겼죠. 역습을 생각하는 게 당연해요. 하지만 우리 부모님은 완전히 타협하고 말았어요. 어른이 되어서는 여러 이해관계를 지나치게 생각했겠죠—. 하지만 저는 달라요."

미츠키는 풍만한 가슴에 손을 툭 댔다.

"저야말로 태양교의 진짜 이념을 이어 실행하는 자입니다. 부모가 틀렸고 제가 옳아요."

"당신이 옳다니…… 그런 보증은 어디에도 없습니다……."

"저에게는 그게 옳답니다. 음, 저도 당신과 크게 다르지 않아요. 태양교 안에서 자라고 태양교의 이념을 배웠죠. 이게 옳다고, 이것밖에 없다고 믿기에는 충분한 환경이었어요—. 그러니까…… 옳은 일을 실행하겠습니다. 저에게는 그것밖에 없답니다—."

"…………."

히나코는 미츠키가 **제정신**이라고 느꼈다.

그녀 또한 히나코와 마찬가지로 순수배양으로 오로지 태양교의 이념만을 강하게 주입당했다.

그 이념 앞에서는 동생의 생사 따위 사사로운 일이다.

소디가 검으로 사는 것과 마찬가지로 미츠키는 태양교의 목적을 위해 살도록 **만들어졌다**.

그래, 하고 히나코는 떠올렸다. 어머니는 '그 아이의 어리석은 꿈'이라고——그렇게 말했다.

확실히 언니는 꿈에 사로잡혔다. 그것도 많은 사람을 휘말리게 할 최악의 꿈에——.

"당신의 악몽은…… 제가 깨워드리겠습니다……."

히나코는 어깨에 멘 활집을 천천히 내렸다.

활집에서 우아한 곡선을 그리는 하얀 활과——화살 하나를 꺼낸다.

선대 태양의 소녀가 남긴 유품인 활과 화살이다.

"어머나, 활인가요—? 태양의 소녀, 위험한 물건을 가지고 있네요."

"어이 히나코……!"

쿠로는 당황한 얼굴로 히나코 곁으로 다가왔다.

"쿠로우가 송곳니의 길에 들어가기 전에 대검성에게 배웠어요. 대검성도 자세히는 몰라서 기본적인 것뿐이지만……."

히나코는 혼잣말처럼 말하면서 화살을 시위에 메기고 활시위를 당겼다.

활은 히나코의 힘으로도 당길 수 있게끔 상당히 느슨했다.

"하지만 제 몸은——활을 당기는 법을 알고 있었던 것 같아요. 이것도 태양의 소녀의 힘일까요. 배울 것도 없이 자연히 사용법을 알았어요."

히나코는 조준을——미츠키로 정했다.

아마도 이 거리라면 히나코의 기량으로도 빗나가지 않을 것이다.

"……후후, 재미있네요—. 그런가요, 당신도 가족을 해쳐 보겠어요?"

미츠키는 동요하지 않고 화살을 지긋이 바라보았다.

"그러네요—, 어쩌면 그게 최선의 방법인지도 몰라요. 제가 죽으면 이제 태양교는 끝장이에요. 태양의 소녀, 당신도 우리 일족의 운명에서 해방됩니다."

"……도망치지 않으시나요."

"쏴도 상관없어요—. 당신이 그렇게 하고 싶다면요. 그 화살을 쏘면 많은 것이 해결되는 건 사실이에요. 저에게는 당신이 필요하지만 당신에게는 제가 필요하지 않죠—. 그리고 어렵게 재회한 동생이에요. 당신의 성장을 보고 싶지 않겠어요? 당신의 결의란 걸."

"제…… 결의……."

시위에 메긴 화살 끝이 덜덜 떨린다.

"당신의 결의가 제 의지를 깰 수 있을까. 이 언니는 보고 싶네요. 자, 어서——어서 쏘세요, 히나코!"

"언니……!"

휙, 히나코의 손에서 화살이 멀어지고——현이 탱 하고 높은 소리를 울렸다.

쏜 화살은 곧장 날아가——.

"…………!"

히나코는 눈을 크게 부릅떴다.

그녀의 시선 끝에——화살은 미츠키의 귀를 살짝 스치더니 그대로 날아갔다.

"……빗나갔다……아니, 빗맞혔군요—. 후후, 히나코, 이런 건가요—?"

미츠키는 화살이 스친 귀를 만지고 작은 상처에서 나오는 피를 손가락으로 닦았다.

"어차피 당신은 이 정도예요. 15년 동안 아무것도 하지 않고 산 온실 속 화초네요—. 최대의 기회에 저를 죽이지 않았습니다. 그 정도의 의지밖에 없는 당신은――제 말을 들으면 된답니다―."

"우, 우우……."

빗나간 것이 아니라 빗맞혔다――히나코 자신이 가장 잘 알고 있다.

하지만 맞출 수 있을 턱이 없다.

아무리 이상해도, 히나코의 죽음조차 꺼리지 않는 인물이라도, 그래도 미츠키는 언니다.

아마도 히나코에게 남겨진 단 하나뿐인 육친이다――.

"저는…… 할 수 없어요. 못 한다고요!"

히나코는 저도 모르게 외치고 말았다.

그것 말고는 더 이상 말이 나오지 않았다.

히나코는 죽고 싶지 않았다. 하늘의 문을 열고 싶은 것도 아니다.

하물며 소디들의 강제 송환 따위 절대로 하고 싶지 않다. 그중에는 세피나 이슈트, 린네와 대검성도 포함되어 있기 때문이다.

그러나 언니를 죽일 수도 없다. 할 수 없는 일뿐이지만――하고 싶지 않다는 게 히나코의 의지다.

"……이제 됐어. 히나코, 너는 잘했어."

쿠로는 히나코의 어깨에 손을 툭 얹고 한 걸음 앞으로 나아갔다.

그러고 나서 그는 일본도를 거침없이 뽑았다.

"사쿠라이 미츠키, 너는――지나쳤어. 너를 죽이지는 않겠다만 입은 다물게 해주지."

"……가능할까요―?"

미츠키는 의미심장하게 웃더니 다시 오른손을 들고 그 손을 천천히 저었다.

덜컹, 덜컹, 연이어 기계음이 들리고 벽에 있는 몇 대의 대형 엘리베이터 문이 열린다.

거기에 갈색 땅딸막한 사람 모양 실루엣이 보였다.

전장은 5미터 정도. 손에는 대포 같은 대형 라이플을 쥐고 있다.

"파워드 슈트냐."

쿠로는 불쾌한 듯이 말했다.

이전에 블레이즈의 거류지를 후려친 다이너스트사의 파워드 슈트. 그것이 여섯 기나 있다.

"떨어져 있어, 히나코."

쿠로는 그렇게 말하고 메고 있던 배낭을 내려 거기서 서브머신건 한 자루와 파우치가 여러 개 달린 벨트를 꺼냈다.

쿠로는 벨트를 허리에 두르면서 서브머신건을 겨눈다.

"여기에는 새로운 교주님과 히나코가 있어. 섣불리 쏘지 못하겠군."

쿠로는 씩 웃고 파워드 슈트를 향해 달려갔다.

자신보다 훨씬 거대한 상대에게도 두려움 없이 맞선다.

히나코는 그 등을 뚫어지게 응시했다.

그 또한 미츠키와 마찬가지로 해야 할 일이 보이는 인간이다——.

쿠로는 달리면서 서브머신건을 연사모드로 바꿔 쐈다.
그러나 총알은 파워드 슈트의 장갑에 닿을 때마다 간단히 튕겨나갔다.
"그렇겠지—."
서브머신건 같은 장난감 총으로 쓰러뜨릴 수 없다는 건 처음부터 알고 있다.
이것도 헬리콥터와 마찬가지로 이런 사태를 상정한 대검성이 마련해준 물건이다.
일본은 총기를 입수하기 어려운 나라이기에 이 정도의 물건밖에 갖추지 못했다.
하지만 화력이 부족하더라도 중요한 건 사용법에 달렸다. 쿠로는 검사지만 대테러부대인 세이버즈 대원이기도 했다. 총 같은 병기에 관해서도 정통하다.
"배워두길 잘했군. 의외로 쓸모 있잖아!"
쿠로는 세 발씩 버스트 사격을 하면서, 파워드 슈트에 더욱 접근한다.
파워드 슈트는 단 한 발도 쏘지 않았다. 역시 미츠키와 히나코가 있는 곳에서는 대구경 총은 쏘지 못하는 듯하다.
쿠로가 접근하자 파워드 슈트는 허리에서 나이프를 뽑

았다. 나이프라 해도 성봉보다도 거대한 두꺼운 칼이다.

저게 스치기만 해도 쿠로의 몸은 토막 나리라.

"우오오, 무시무시하네."

쿠로는 웃으면서 겁도 없이 파워드 슈트에 바짝 다가간다.

파워드 슈트는 나이프를 크게 쳐올리더니 쿠로를 향해 내리쳤다.

둔중할 것 같은 외견과 어울리지 않게 예리하고 빠르다. 그러나 동작이 과장된 데다 인간 같은 작은 표적을 핀 포인트로 노리기는 어려울 것이다.

쿠로는 가볍게 피하고 파워드 슈트 발밑으로 들어갔다.

"자, 선물이야."

가볍게 뛰어올라 파워드 슈트의 무릎 뒤쪽에 파우치에서 꺼낸 하얀 덩어리——플라스틱 폭탄을 붙인다.

쿠로는 데구루루 일회전해서 발밑에서 떨어져 거리를 두었다.

그와 동시에—쾅 하고 폭발음이 들리고 파워드 슈트 무릎이 풀썩 무너진다.

무릎 부분부터 다리가 빠져 그대로 파워드 슈트는 자빠졌다. 중량이 있는 만큼 한 발을 잃으면 서 있을 수 없다.

이어서 쿠로는 파우치에서 이번에는 작은 캔을 꺼내 핀을 뽑고 지면에 내던졌다.

순식간에 캔에서 연기가 피어올라 주위를 뒤덮는다. 발연수류탄이다.

쿠로는 배낭에서 소형 유탄 발사기를 꺼내 40밀리 유탄을 장전, 총구를 파워드 슈트로 향했다.

"얍."

통 하고 가벼운 소리와 함께 유탄이 날아가 오른쪽 어깨 접합부에 명중하고——격렬하게 폭발한다.

폭발 소리가 울려 퍼지고 파워드 슈트가 살짝 비틀거린다.

쿠로는 파워드 슈트 보디를 통통 뛰어 올라가 아까와 마찬가지로 플라스틱 폭탄을 목 연결 부위에 던진다.

다시 폭발음이 들렸을 때는 쿠로는 이미 파워드 슈트에서 뛰어내렸다.

"……어라?"

그러나 파워드 슈트의 목에는 약간의 상처만 있을 뿐, 목도 동체 부분도 무사했다. 목 주변은 무릎보다 튼튼하게 만든 듯하다.

"저기—, 저는 신경 쓸 필요 없어요—. 마음껏 쏘세요—!"

쿠로는 홱 돌아보았다.

미츠키가 양손을 붕붕 흔들면서 엄청난 소리를 한다.

"어차피 그 사람이 살아남으면 저도 당한답니다. 변태라는 것 같으니까 그런 일 저런 일까지—. 더럽혀질 바에야 유탄에 죽는 편이 차라리 나아요—."

"저 여자……!"

히나코도 있는데 무슨 말을 하는 건가——.

"……어이쿠!"

파워드 슈트의 파일럿들은 순순한 성격인지 곧바로 라이플을 겨누고 발포했다.

두두두두, 엄청난 총성이 울려 퍼진다. 귀가 멀 것 같았다.

쿠로는 달리면서 라이플 탄을 피한다. 하지만 착탄 충격만으로 몸이 날아갈 것 같다.

"제길, 이 녀석들 뭐야——전에 놈들보다 빠르잖아?!"

거류지에서 본 파워드 슈트보다 명백히 움직임이 좋다. 그러고 보니 미묘하게 형태가 달라진 것 같기도 하다.

"신형인가——다이너스트도 통이 크군!"

쿠로는 달리면서 욕을 퍼부었다.

가진 장비만으로는 이 숫자를 처리할 수 없다.

이렇게 되면 히나코를 데리고 도망치는 수밖에 없다——.

쿠로가 그렇게 결심한 순간.

"아…………."

한순간 빛으로 눈이 멀었다.

재빠른 움직임으로 쿠로 옆으로 돌아들어간 파워드 슈트가 총구 안이 확실히 보일 정도의 거리에서 발포했다.

엄청난 굉음으로 아무 소리도 들리지 않게 되고——쿠로는 표백된 시야 속에서 거대한 총탄이 다가오는 기척만을 감지했다.

쿠웅, 둔탁한 소리가 들리고 바닥이 말려 올라가면서 파편이 튀고 대량의 연기가 피어올랐다.

"아, 아, 아아아아아……."

히나코는 멍하니 그 광경을 바라보았다.

그런 쿠로가――어떤 강적과 싸워도 살아서 돌아온 남자가 저렇게 손쉽게――.

"아―아, 죽었겠네요―. 파워드 슈트의 총탄은 인간의 몸 따위 산산조각 내버린다니까요―."

"쿠, 쿠로우……."

히나코에게 쿠로는 처음 만난 '바깥사람'이었다.

그와 함께 살고 그에게 보호받고 그와 있는 시간은 즐거웠다.

쿠로가 곁에 있을 때는 정말로 안심이 됐다.

그는 많은 생명을 빼앗았다. 그래도 히나코에게는 상냥한 사람이었다.

언제까지고, 언제까지고 함께 있을 수 있다――근거는 없지만 그런 기분이었다.

그러나 그런 달콤한 꿈을 지금, 눈앞에서 잃어버리고 말았다.

그것도 자신의 언니 때문에――.

"쿠로우, 쿠로우, 쿠로우…… 아, 아, 아아아아아악……!"

히나코의 눈에서 눈물이 주륵 흘러――그 순간 그녀의 마음은 **터졌다**.

아무 생각도 할 수 없어졌다. 그저 무의식 속에서 자세를 다잡고——.

끼긱 하고 활시위를 세게, 세게 잡아당겼다.

"응—? 어머어머—. 화살도 없이 무슨 짓인가요, 히나코? 명현(鳴弦)인가요? 그건 소디가 아니면 통하지 않는데요?"

언니의 말은 히나코의 귀를 그냥 지나친다.

히나코의 몸은 이미 멋대로 움직이고 있다.

이미 사쿠라이 히나코가 아니라 그녀의 피에 잠든 태양의 소녀의 힘이 몸을 움직이고 있다.

히나코가 활의 시위를 끝까지 당기자——황금빛이 시위에 휙 뻗고 같은 색의 화살이 생긴다.

"아—, 그 화살은……!"

미츠키가 놀란 표정을 짓는다.

히나코는 천천히 황금빛 화살을 언니에게 향해—.

"어, 어머—, 이번에야말로 쏠 작정인가요—? 아니면—?"

미츠키는 초조해하며 떠들고 천천히 한 걸음 물러났다.

그러나 히나코는 그런 언니의 모습에는 개의치 않고 황금 화살을 이번에는 천장으로 향했다.

"빛이여, 하늘을 찢어라——."

히나코는 무의식중에 중얼거리자마자 황금빛 화살을 쐈다.

화살은 날아가면서 크게 부풀어 지하 공간 천장에 커다란 구멍을 뚫자, 마치 태양 같은 빛이 지하공간을 가득 채

우고 히나코의 눈이 먼다.

그 빛을 바라보면서——점차 히나코의 의식이 멀어진다.

희미한 의식 속에서 히나코는 어째서인지 몸이 떠오르는 기묘한 감각을 느꼈다——.

거대한 빛기둥이 하늘을 향해 뿜어져 나와——.

그 기둥 끝과 하늘이 부딪히는 곳에 이변이 생겼다.

우렛소리 같은 굉음이 울려 퍼지고 푸른 하늘을 찢듯이 검은 **금**이 간다.

하늘에 생긴 그 금은 점점 옆으로 넓어졌다.

“위험하게 됐군…….”

외층인류구의 어느 빌딩 옥상.

그곳에는 붉은 눈을 한 블레이즈 몇 명이 토쿄 소디아 상공에 일어나고 있는 이변을 바라보았다.

블레이즈들의 중심에 있는 사람이 조금 전 중얼거린 소녀——현재 사실상 블레이즈의 지휘관을 맡은 넷사다.

“하늘의 문……. 설마 이렇게 쉽게 열릴 줄이야. 하늘도 거칠어지기 시작했군…….”

조금 전까지 쾌청했건만 구름이 끼고 우르릉 천둥소리가 났다.

70년 전, 전 세계에서 하늘의 문이 열렸을 때도 지구 규모로 이상 기후가 일어났다고 한다.

"그때의 반복인가……."

"넷사, 우리는 어쩌죠?"

블레이즈 검사 중 한 사람이 묻는다.

"문은 우리가 어쩔 수 없어. 상황을 살피는 수밖에 없겠지. 어쩌면 이게 우리에게는 기회가 될지도 모르고."

"……실피와 다이너스트는 어떻게 하죠? 놈들이 미국에서 수상한 움직임을 보인 것 같습니다만."

"실피 녀석은 우리 따위 가볍게 쓸어버릴 생각이겠지. 다이너스트의 망할 놈들은 거류지를 병기 실험장으로 삼을 작정일 테고."

"그런 짓을……!"

블레이즈 검사가 주먹을 꽉 쥐었다.

"그래, 그런 짓은 못하게 막겠어—. 지금까지 대로다. '홍의 전단' 조직을 다지고——소디 정부와 다이너스트에 강렬한 일격을 퍼부어주마……!"

넷사는 눈동자에 결의를 숨기고 힘차게 말했다.

그 시선 끝에서 하늘의 검은 균열이 더욱 크게 퍼졌다.

과연 저 문은 이 세계에 무엇을 불러일으킬까——.

"저거 어, 어떻게 된 거야?!"

세피는 하늘을 올려다보고 반사적으로 외쳤다.

히나코와 쿠로를 쫓아 지하로 가고 있는데 갑자기 황금빛이 뿜어져 나와 계단이 무너지고 잔해에 파묻히고 말았다.

광대한 연구소이니 지하로 향하는 길은 또 있을 게 분명하다. 그러나 통로를 무작정 찾을 수도 없어서 일단 지상으로 돌아왔는데——.

"아무리 봐도 하늘의 문이로군……."

이슈트는 침착하게 중얼거렸다.

세피와 이슈트가 있는 곳은 연구소 안뜰이다. 빛이 뿜어져 나온 곳은 안뜰에서 백 미터도 떨어져 있지 않은 위치였다.

"역시…… 히나가 한 거야……?"

히나코가 몸에서 뿜은 황금빛을 세피는 몇 번이나 보았다.

지금 보이는 빛이 여태껏 본 빛과 똑같은 것임은 틀림없다.

"나는 아무것도 안 했는데……."

봄에 한번 하늘의 문이 열렸을 때는 세피와 히나코가 맞닿은 것이 계기였다.

히나코가 향한 지하에서 대체 무슨 일이 벌어진 건가…….

"아…… 빛이 사라진다……?"

"세피 님! 빛 속에 누군가가——아니, 사쿠라이 히나코다! 사쿠라이 히나코가 있어!"

"뭐어?!"

하늘을 향해 올라가는 빛 기둥은 조금씩 사라지고 있는 것 같다.

그 빛 속에 분명히 작은 인영이 보인다.

그 사람이 히나코인지는 빛 때문에 눈이 부셔 잘 모르겠다. 하지만 세피는 바로 달려갔다.

소디의 빠른 발로 눈 깜짝할 사이에 빛이 뿜어져 나오는 곳에 도착한 바로 그 순간──.

"히나!"

빛이 사라지고 몇 십 미터 상공에 떠 있던 히나코가 떨어진다.

세피는 뛰어올라 떨어진 히나코를 양팔로 받아들어 착지했다.

"영차. 위험할 뻔했어. ……뭐한 거야, 히나."

"……세피인가요? 다행이다, 무사했군요……."

히나코는 공허한 눈으로 그렇게 말했다.

"그건 내가 할 말이야. 너 대체 어떻게 된 거야? 하늘의 문이──."

"문……?"

"그래, 완전히 열려버렸어. 저거 어떻게 하면 돼……?"

세피는 히나코의 양팔을 안은 채 하늘을 올려다보았다.

문은 닫힐 기미가 전혀 없다. 봄에는 한순간만 열렸다가 직후에 닫혔건만.

"저도 몰라요……. 대체 무슨 일이……."

"히나…… 너, 왜 그래? 상당히 지친 것 같은데……."

"……몸도 멀쩡하고 살아있는 것 같으니 됐어요…… 아아!"

히나코는 깜짝 놀라 눈을 부릅떴다.

"세피, 쿠로우가…… 쿠로우가……! 쿠로우가 죽었어요……!"

"뭐? 로우가……?"

히나코는 세피의 옷깃을 잡고 슬픈 눈빛을 보냈다.

"그 파워드 슈트가 또 나타나서……. 커다란 총으로 쏴서…… 쿠로우가……!"

"그건 큰일이네. 그 남자가 죽을 줄은 몰랐어."

"네……? 저기 세피…… 제가 한 말 이해했나요……?"

히나코가 이번에는 불안하다는 듯한 눈빛을 했다.

"그래, 알아. 다만 한 가지 의문은 내 가슴을 뒤에서 주무르는 이 손은 누구의 손이냐는 거지."

세피는 아까부터 알아챘다. 착지한 직후부터 누군가의 손이 뻗어와 그녀의 풍만한 가슴을 거침없이 주물렀다.

이런 짓을 할 사람은——지금은 두 사람 있지만 주무르는 법으로 누구인지 알 수 있다.

"로우, 냉큼 떨어져!"

세피가 돌아보더니 그곳에 있는 남자를 매섭게 쏘아보았다.

그녀의 가슴을 잡은 손을 떼고 쿠로가 펄쩍 한 걸음 물러났다.

"쳇, 모처럼 기분 좋게 주물렀는데. 조금 더 만끽하고 싶었어."

쿠로가 웃으면서 그렇게 말했다. 옷은 너덜너덜해졌지만 건강해보였다.

이 남자는 대체 무슨 생각을 하는 걸까. 상당히 기분 나쁘다. 오랜만의 재회라 할 정도는 아니지만——이전에 헤어질 때 그녀는 쿠로에게 고백했다.

그 이후 처음이건만 만나자마자 성희롱이라니. 평소랑 너무 똑같다.

"정말이지 참……."

세피는 투덜거리면서 안고 있던 히나코를 내려놓는다.

"히나코도 무사해서 다행이야. 그건 좋지만…… 저건 네가 한 거지?"

"그런 것 같아요……. 하지만 잠깐만 기다리세요. 그보다 쿠로우는 어떻게 살아난 건가요……?"

히나코는 어리둥절해서 고개를 갸웃하고 있다.

"아아. 그거야."

쿠로는 엄지로 뒤를 가리켰다.

쿠로 몇 미터 뒤에 모자라 보이는 메이드복 소녀가 두 손을 크게 젓고 있다.

린네와――어째서인지 대검성까지 함께였다.

"얏호―, 히야. 미안, 할멈을 설득하는 데 시간이 걸려버렸어. 하지만 아슬아슬하게 세이프였어. 하아― 조마조마했어. 쿠로야가 폭사당하는 미래를 보고 말았거든."

린네가 통통 뛰면서 큰 소리로 설명했다.

"그렇게 된 게지. 린네 녀석이 또 미래를 봐서 급하게 달려온 게야."

린네에게는 랜덤으로 미래의 영상을 보는 능력이 있다.

덕분에 쿠로도 몇 번인가 도움 받았었다.

"그래서 린네가 할멈을 감시역으로 삼아 토쿄에 와서,

내가 총알에 맞기 직전에 도와준 거야. 연기도 엄청났으니까 히나코에게는 보이지 않았겠지."

쿠로는 쓴웃음을 지었다.

기세 좋게 히나코를 도우러 와놓고 자신이 린네에게 도움을 받은 게 부끄러운 모양이다.

"이런 늙은이를 혹사시키다니…… 그래서 어쩔 작정이냐?"

대검성이 성큼성큼 이쪽으로 다가오면서 물었다.

"어쩌다니…… 어쩔 거야, 로우?"

"나한테 묻지 마……. 아무튼 조금 더 세피를 추행하고 싶은데."

"그럴 때가 아니야! 저 문을 어떻게 하지 않으면 위험하잖아!"

그렇게 말하면서도 세피도 쿠로가 대처할 문제가 아님은 알았다.

하지만 이런 소리를 하는 동안에도 하늘의 문은 더욱 넓어졌다. 늦기 전에 대응하지 않으면 엄청난 일이 일어날지도 모른다.

"그대들, 사랑싸움을 할 때가 아니다."

"칫, 사랑싸움 따위가……!"

"봐라, 귀찮은 손님이 온 것 같구나. 나도 이 나이가 되어 **저것**과 다시 만날 줄은 몰랐다만……."

"그게 무슨……?"

세피는 고개를 갸웃했다. 하늘을 올려다보는 대검성과

마찬가지로 시선을 그쪽으로 향한다.

하늘의 검은 균열에는 변화가 생겨나고 있었다.

균열의 확대는 거의 멈춘 것 같지만, 그 가장자리를 꾸미듯이 황금빛이 일렁인다.

그곳에서 **무언가**가 얼굴을 내밀었다.

"앗, 저건…… 설마……."

세피는 침을 꿀꺽 삼켰다.

도마뱀과 비슷한, 하지만 도마뱀일 리 없는 뿔이 난 머리. 갈색 비늘로 덮인 거구.

그리고 날카로운 발톱이 달린 가는 앞다리.

"에이징……!"

이야기로만 들었던, 소디아에 사는 드래곤과 비슷한 괴물.

그 괴물이 지금 바로 하늘의 문에서 모습을 드러냈다──.

어떻게든 하지 않으면 위험하다는 건 쿠로도 안다.

하늘의 문이 열린 데다 에이징까지 나오려고 했다. 이미 뒷다리까지 문 밖으로 나왔다. 이제 남은 것이라곤 꼬리뿐일 것이다.

"우오―, 크구나―."

높은 상공에 열린 문 때문에 에이징의 정확한 크기는 가늠하기 어려웠다. 그래도 전장 15미터 이상은 될 법하다. 티라노사우르스가 최대 13미터 정도였을 거다. 그보다 큰 괴물 따위 되도록 만나고 싶지 않았다.

"저것도 에이징 중에서는 중형――그것도 작은 편이지."

대검성이 담담히 말했다. 그녀는 에이징을 많이 보았을 것이다.

"대형은 항공모함에 필적하는 것도 있다. 저 정도면 운이 좋았다고 생각해야 해. 봐라…… 온다!"

"칫!"

쿠로는 히나코의 손을 잡고 달렸다. 동시에 세피, 이슈트, 린네, 대검성 네 사람도 흩어진다.

"그어어어어어어어어엉!"

"…………윽!"

에이징이 엄청난 포효를 지르고 하늘의 문에서 완전히 빠져나왔다. 요란하기 짝이 없는 포효에 쿠로는 내장이 흔들리는 듯한 충격을 느꼈다.

"히나코, 견뎌!"

쿠로는 고개를 끄덕인 히나코를 거의 안다시피 해서 그 자리에서 다시 이동한다.

역시 저런 괴물을 상대하고 있을 순 없다.

하지만――.

"거짓말!"

문에서 나온 에이징은 그대로 중력에 이끌려 낙하했다.

쿵 하고 땅울림을 일으키면서 쿠로가 조금 전까지 서 있던 부근에 착지한다. 지면이 에이징의 네 다리 형태로 파여서 크레이터처럼 움푹 들어갔다.

가까이에서 보니 더욱 크다. 도마뱀 같은 얼굴에 두 개의 뿔, 네 다리에 한 쌍의 날개까지 있다. 아무리 봐도 신화나 게임에 나오는 드래곤 그 자체다.

"이건…… 뭔가 세계관이 다르지 않아?"

"로우 태평한 소리를 할 때가 아니야."

세피는 식은땀을 흘리면서 성붕을 쥐었다. 자세만 봐도 그녀의 실력이 꽤 올라간 걸 알 수 있었다. 그래도 에이징과 맞겨룰 수 있을지——.

"그 여자, 문을 연다고 했지만 소디를 돌려보내기만 해서 끝나지 않잖아. 당연히 저쪽에서도 나온다는 건 까먹은 거 아냐?"

코루는 이 자리에 없는 미츠키에게 욕을 뱉는다.

"히나코, 나한테 더 딱 붙어 있어. 여차할 때는 너를 안고 도망칠 테니까."

"……저기 그건 괜찮습니다만, 쿠로우……."

"응?"

"아까부터 손이 가슴에 닿아 있습니다……."

웬일로 히나코가 볼을 붉히며 쭈뼛거렸다.

듣고 보니 분명히 히나코를 끌어안은 쿠로의 손이 그녀의 풍만한 둔덕을 만지고 있었다.

"……뭐 됐어. 우오— 부드러워. 그보다 커! 감촉도 좋고 이대로 두자."

"아, 아뇨, 절대로 좋지 않다고 생각합니다……."

히나코가 이번에는 놀란 표정을 짓는다.

"저는 호위 대상이라 성희롱은 하지 않는 게……?"

"그건 이제 끝이야."

쿠로는 딱 잘라 말했다.

"어, 잠시만요. 제가 문을 열어버려서 화나셨어요……?"

"그렇지 않아. 오히려 반대야. 기쁘다구."

쿠로는 히나코를 향해 웃었다.

"너는――자신의 의사로 언니에게 활을 조준했어. 이제 히나코는 보호만 받는 존재가 아니야. 물론 지키겠지만 그게 다가 아니게 됐다…… 이 말이지."

"쿠로우……."

히나코는 멍하니 쿠로를 바라보곤――살짝 웃은 것 같았다.

언니에게 활을 조준했었으니 히나코도 복잡한 감정이었겠지만 쿠로는 그 점을 인정해주었다.

그래서 히나코의 마음이 조금이라도 가벼워졌다면 기쁜 일이다.

"그럴싸하게 말했지만 네 독수에 걸린 여자애가 늘었다는 얘기네."

세피가 살기를 내뿜었다. 휘이이잉 하고 소용돌이치는 듯한 효과음이 들릴 것만 같다.

"잠깐 다들, 도망쳐!"

린네가 날카롭게 경고하고 히나코를 제외한 전원이 반

대쪽으로 움직였다.

검사들이 있던 장소를 에이징의 앞발이 으르렁거리며 날카롭게 지나갔다.

"우옷……!"

에이징의 앞다리에는 발톱이 있다. 거대하고 두꺼운 데다 칼날처럼 뾰족하다. 스치기만 해도 즉사이리라.

"큰일 났다, 큰일 났어. 이 녀석 우리를 목표물로 삼은 것 같아."

역시 체격 차이가 너무 난다. 인간의 힘으로는 어떻게도 되지 않는다. 고류니 무상이니 그런 수준으로 어떻게 될 이야기가 아니다.

"역시 내버려둘 수 없어! 다들 물러나!"

그렇게 소리를 지르고 이슈트가 달려 나갔다.

그렇다, 이 자리를 수습할 사람이 있다면 그녀일 것이다. 린네는 애검을 가지고 있지 않고, 대검성은 이미 은퇴한 몸. 세피는 이길 수 있을지 알 수 없다. 쿠로와 히나코는 논외로 두어도 된다.

"그오오오오옷!"

에이징이 다시 울부짖고 두 개의 앞다리에서 검날이 튀어나왔다. 죠의 에이징 팔과 마찬가지로 역시 이 괴물도 검을 다룰 수 있는 것 같다.

"칫……!"

이슈트는 에이징이 휘두른 검날을 아슬아슬하게 피한다.

엄청난 풍압이 생겨나고, 그녀는 그 풍력에 맞서 앞다리에 뛰어올랐다.

앞다리에서 사지와 동체를 지나 에이징의 몸으로 올라가——목 부분에서 몸을 깊게 숙인다.

"뇌천연충섬(雷穿連衝閃)——!"

송곳니의 길에서 얻은 이슈트의 새 기술이다. 적의 품에 파고들어 사각인 바로 아래에서 공격하는 찌르기가 에이징의 왼쪽 눈을 예리하게 파냈다.

"으가아아아아앗!"

고성과 함께 에이징이 긴 목을 격렬하게 휘젓자 이슈트는 착지에 실패하고 굴러 떨어졌다.

"큭, 조금 날뛴 것만으로 이 정도인가……! 붙잡는 것만으로 고생 깨나 하겠군!"

이슈트는 불평하면서 에이징에게서 떨어져 자세를 가다듬었다.

"눈을 노리는 건 옳았지만 양쪽 눈을 없애지 않으면 날뛰어서 성가셔질 뿐이야."

대검성은 꼭 남의 일처럼 말한다.

"이봐 할멈. 에이징의 약점은 없어? 저 녀석이 연구소 바깥으로 나가면 큰 소동이 일어날 거야."

"하늘의 문이 열려서 충분히 소란스럽겠지. 약점 같은 건 없다. 그런 게 있다면 소디도 저놈에게서 도망치기 위해 전쟁 따위 하지 않았지."

"…………."

지당한 말이지만 이 상황에선 아무런 위로도 되지 않는다.

"우앗, 저 애, 날아, 난다구!"

완전히 실황 중계 역할을 맡은 린네가 외쳤다.

린네의 말대로 에이징이 날개를 퍼덕이고 몸을 띄우기 시작했다. 저렇게 거대한 몸이 난다니 믿기지 않는다.

"위험해. 날아가면 손쓸 방도가 없어."

이쪽에서는 공격할 수 없지만 상대편은 급강하해서 덮치는 것도 가능하다.

상공에서 덤벼들면 도망칠 틈이 있을까.

"그렇게는 안 됩니다——!"

갑자기 늠름한 목소리가 들렸다.

그와 동시에 화살처럼 날아온 누군가가 몇 미터 떠오른 에이징과 뒤얽히더니——괴물의 날개 한 쪽이 붉은 피를 뿜으며 떨어졌다.

에이징은 그대로 큰 소리를 내며 땅바닥에 떨어진다.

훌륭한 솜씨로 에이징의 한쪽 날개를 벤 검사도 쿠로 일행 앞에 착지했다. 손에는 검을 쥐고 있지만 어째서인지 검자루와 날밑만 있고 도신이 보이지 않는다.

"칫, 내 공주에게 손을 대려 하다니. 가짜 파충류 주제에 배짱이 좋군."

"소샤!"

세피가 놀라서 소리쳤다.

아무래도 흑발 포니테일의 그녀가 천검 소샤인 모양이다.

"기다려, 세피는 네 게 아니야. 내 거다."

"……당신이 효카 씨의 제자로군요. 무슨 말씀을 하시는 겁니까, 아가씨의 몸은 제 것이라고요?"

"웃기지 마, 내가 이 몸을 내 걸로 만들기까지 얼마나 애를 썼는지――."

"두 사람 다 입 다물어!"

세피가 얼굴을 붉히면서 일갈한다.

쿠로는 명령받은 대로 입을 다물고 소샤도 마찬가지였다. 지금 그런 걸로 따질 상황도 아니기 때문이다.

"우오오오오오오오오오오오오오오오옷!"

또다시 에이징이 포효했다.

눈과 날개를 하나씩 잃고 상당히 화가 난 듯하다. 상처 입은 짐승만큼 귀찮은 게 없다.

"뭐든 좋아, 천검 양반. 당신, 책임지고 마지막까지 처리해주겠어?"

"그러고 싶습니다만……. 과연 **지금의** 제 검으로 저 끈질겨 보이는 괴물을 해치울 수 있을지……."

소샤는 난처한 듯이 웃으면서 말했다.

"저놈이 있는 한 하늘의 문으로 들어갈 때가 아닌 것 같고……. 어떻게든 하고 싶은데 말이죠."

소샤는 문에 흥미가 있는 것 같은데 무엇을 망설이는 건가.

조금 전 날개를 베어 떨어뜨린 참격을 보니, 소샤의 검이라면 에이징의 두꺼운 목을 떨어뜨리는 것도 어렵지 않을 것 같은데.

"저기, 쿠로. 문이 닫힐 것 같아요."

"응?"

히나코의 말에 쿠로는 고개를 들었다.

확실히 하늘의 문은 급속히 작아졌다. 봄 때와 마찬가지로 열린 하늘을 유지하는 데는 플러스알파로 무언가가 필요한 듯하다.

"그건 좋지만……. 이 괴물이 돌아가지도 못하게 되었잖아? 어떻게 할 거야……."

쿠로가 넌더리를 내며 중얼거린 바로 그 순간——.

다시 하늘의 문에서 무언가가 뛰쳐나왔다.

"뭐야……?!"

쿠로는 놀란다. 그건 에이징이 아니라 인간——아니 한 사람의 검사였다.

거대한 낫——사신이 들고 있을 법한 무기를 손에 들고 지금 막 닫히고 있는 하늘의 문에서 내려온다.

"그오오오오옷!"

에이징은 포효와 함께 검사를 노리고 양팔의 검날을 예리하게 휘두른다. 스치는 정도가 아니라 닿지 않아도 몸이 날아갈 정도의 강렬한 참격——.

그러나 떨어진 검사는 공중에서 빙글빙글 회전해 자유롭게 하늘을 나는 것처럼 두 자루 검 사이를 빠져나와 양손에 쥔 낫을 크게 쳐들었다.
"하아앗!"
그 검사는 기합과 함께 낫을 번뜩이고――에이징의 두꺼운 목을 단칼로 깨끗하게 절단했다.
스스슥, 조금씩 에이징의 목이 어긋나――절반쯤 어긋나자 토막 난 그대로 지면으로 떨어졌다.
그와 동시에 에이징의 목을 절단한 검사도 착지했다.
"뭐, 뭐야……?!"
쿠로도 놀라움을 감추지 못했다. 문에서 나타난 것도 그렇지만 이토록 손쉽게 이 괴물을 처리해버리다니.
"후웃."
검사는 착지하더니 귀에 걸렸던 머리카락을 슥 뒤로 넘겼다.
부드러운 금발에 하얀 카추샤. 노슬립 튜닉. 목에는 스카프, 허리에는 벨트를 둘렀다.
얇은 튜닉 가슴 부분은 풍만하게 솟아 있고, 옷자락 사이로 눈부신 허벅지가 뻗어 있다.
그 검사는 여성――그것도 쿠로와 그다지 차이 나지 않는 나이의 소녀였다.
"하늘의 문에서 나왔어……? 소디아의 소디인가……?"
쿠로는 열쇠를 쥔 소녀를 빤히 바라보았다.
에이징은 처치됐지만 문도 닫히고 있다――.
그러나 이 마당에 또다시 새로운 트러블의 씨앗이 등장

했다.

쿠로는 그런 생각밖에 들지 않았다——.

에필로그

산속은 정숙함으로 가득했다.

무슨 까닭인지 새와 벌레 소리조차 거의 들리지 않는다.

그는 마냥 산길을 걸어 울창한 숲을 지나 튀어나온 절벽이 있는 장소로 나왔다.

그 절벽에는 한 소녀가 서 있었다.

타오를 듯한 붉은 머리카락을 등까지 기르고 저지에 미니스커트 차림이다.

"……하늘의 문이 열렸어. 이제 닫히는 것 같지만. 아직 때가 되지 않았다는 건가. 아쉽지만 앞으로가 기대되기도 하네."

"또 쿠로랑 관련되어 있겠지. 그 녀석은 걷기만 해도 트러블과 맞닥뜨리니까."

그는 몇 걸음 걸어 소녀——스이사라 옆에 섰다.

"너와 제대로 이야기를 나누는 건 처음인가? 안녕하세요, 사검사 스이사라야."

"꽤 정중하시네요. 검성의 제자 라슈라고 합니다. 앞으로 잘 지내요."

라슈는 스이사라에게 가볍게 인사한다.

"어쩐지 조용하다 했더니 네 기척에 겁먹고 동물들이 도망친 거로구나."

이곳은 라슈와 쿠로가 검성과 함께 수행한 산이다.

라슈는 스승의 애검 구원피방을 찾으러 이곳으로 돌아왔는데 먼저 온 뜻밖의 손님이 있었다.

"'광'을 봉인당했다고 들었는데 그래도 너에게서는 압도적인 힘이 느껴져."

"이건 이거대로 재미있어요. '광'이 없으면 사라도 인간이랑 별 차이가 없으니까. 검술만으로 싸우는 방법을 찾고 있던 참이죠."

"……검술만으로도 상당하겠지."

입에 발린 소리를 한 게 아니다.

스이사라는 쿠로의 고류로도 완벽하게 방어하지 못하는 검을 다루었다. 그녀의 무서움은 사검사의 파워와 스피드 이상으로 완성된 검술에 있다.

"검술의 경지에 이르기 위해 효카와 훈련하고 싶었는데. 그 녀석 어디에 있는 거야."

"……어, 너는 못 들었어? 우리 스승님은――."

"쿠로가 베서 죽었다? 하핫, 설마. 그 효카가 간단히 죽을 리가 없지. 쿠로는 그렇게 믿는 것 같지만 사라는 믿을 수 없는걸."

"그래. 네가 어떻게 생각하든 그것도 자유지만."

검성 효카의 생사에 대해 라슈는 어떤 사실을 알고 있다.

하지만 그 사실을 스이사라에게 가르쳐줄 마음은 없었다.

"그나저나 여기에 스승은 없는 것 같지만 놀이 상대라면 있는데?"

"……흐음."

스이사라가 라슈에게 흘끔 시선을 보낸다.

"사실은 나, 네가 말이야……. 꽤 눈에 거슬려."

라슈는 그 말과 함께——애검 수참(獸斬)을 뽑았다.

같은 타이밍에 스이사라도 저지의 오른쪽 소매에서도 애검——신명인(神鳴刃)이 튀어나왔다.

두 사람은 동시에 전진해 검날을 맞부딪친다.

챙, 맑은 소리가 울려 퍼지고 두 사람은 그대로 서로의 옆을 지나쳤다.

"……호오, 역시 쿠로의 형제 제자로군. 좋은 검이야."

"그쪽이야말로 사검사는 겉멋이 아니었네. '광'을 쓸 수 없다고 생각하지 못할 검이었어."

라슈의 팔이 저릿했다. 조금도 흐트러짐 없는 검이었기에 소디의 파워를 지닌 라슈와도 싸울 수 있는 것이다.

"아무튼…… 놀이 상대로서는 나쁘지 않은 것 같은데. 좋아, 사라가 놀아줄게. 하지만 놀이만이야? 사라에게는 마음을 정한 상대가 있으니까."

"그 사람은 물론 쿠로겠지?"

"그래, 맞아. 사라는 이제 줄곧 쿠로 생각만 해. 떨어져 보고서야 잘 알았어."

"쿠로와 다시 한 번 싸우고 싶다고?"

"그것도 그렇지만……."

사라는 말하고 잠시 볼을 붉혔다.

"사실…… 사라는 쿠로의 아이를 원해."

"뭐라고……?"

"사라는 사검사. 늘 죽음 근처에 몸을 두는 생물이지. 그래서일까, 종족 유지 본능이라고 해야 하나, 자손을 남기고 싶은 욕구도 강한 것 같아. 지금까지는 상대가 없었으니까 그 욕구도 느끼지 않았지만 쿠로랑 만나버렸으니까."

"……그건 또 성가신 이야기군."

지금 이야기를 세피나 그쪽 애들이 들으면 기절할 것 같다.

게다가 스이사라는 진심이라서 질이 나쁘다.

다음에 쿠로를 만나면 겨루기 전에 아이 만들기를 강요할 것 같다.

"음, 그 전에 라슈, 놀아줄게. 간단히 부서지면 안 돼?"

"기대를 배신하는 건 즐겁지만 너와의 전투는 더 즐거울 것 같은걸."

라슈는 수참을 중단 자세로 잡았다. 수참의 도신에서는 그만의 독특한 검은 광인이 피어올랐다.

스이사라는 틀림없이 강하다. 그러나 그녀와의 싸움은 많은 것을 가져올 것이다.

쿠로는 분명히 이 순간도 강해지고 있다.

라슈 역시 성장해야 한다.

"하늘의 문이 열렸습니까?"

태평양을 건너는 다이너스트사 거대 수송선——그 갑판에 파라솔과 테이블이 놓여 있고 흰 정장 차림의 남자가 앉아 있었다.

머리에는 실크해트를 쓴 채 테이블 위의 노트북을 만지고 있다.

노트북 모니터에는 토쿄 소디아의 리얼타임 영상이 전송되었다.

"무얼 보고 계십니까?"

갑판에 미녀 한 명이 천천히 걸어온다. 새빨간 차이나드레스라는 수송선에는 그다지 어울리지 않는 차림이다.

"……여기는 태평양이에요, 로즈 양. 기왕이면 수영복이라도 입으면 어떻습니까?"

실크해트의 남자——다이너스트의 영업맨으로 '기술사'라는 이명을 지닌 로버트 맥심은 웃으면서 말했다.

"정장을 빼입은 사람에게 듣고 싶지 않아요……. 오호, 하늘의 문인가요. 이 영상만 보면 봄에 열렸을 때와는 또 다른 것 같네요."

"역시 완전히 열리려면 아직 부족한 요소가 있는 것 같지만……. 분위기가 꽤 고조되었군요. 세상이 혼란하면 할수록 재미를 보는 것이 우리 무기상입니다. 흥분되는군요."

"당신은 편히 죽지 못할 거예요. 자, 방금 도착한 데이터입니다."

로즈는 기술사에게 USB 메모리를 내밀었다.

"츠키무라 제약에서 온 레기온의 전투 데이터예요. 아직 분석하지 않은 원자료지만."

"아아, 충분합니다. 1차 자료를 보는 것이 중요하니까."

기술사는 USB를 받아들고 노트북에 꽂았다.

"흐음, 그렇군. 레기온에게 **통솔자**를 붙이는 건 효과가 있군요. 프로그램만으로는 표적을 판단할 수 있을지도 아직 미심쩍으니까요. 그를 일부러 형무소에서 빼낸 보람은 있었군요."

"그에게는 투자를 꽤 했으니 더 일을 시켜야 수지가 맞아요. 그거랑 신형 암보디 데이터는 그다지 축적되지 않은 것 같아요. 두 기가 작은 피해를 입었을 뿐인 것 같습니다."

"어라라, 실피 의원도 기다리는데. 태양교의 따님도 입만 살았지 대단할 거 없군요. 주문품을 납입하기 전에 데이터를 원했는데 말이죠."

다이너스트사는 일본 원로원 의원, 실피에게 파워드 슈트——암보디를 대량 발주 받았다. 현재 급하게 생산중이지만 전투 프로그램도 실전 경험치를 반영한 버전을 인스톨해두고 싶었다.

"그리고 또 한 가지. 이쪽은 아직 구두 보고뿐이지만 **그것**의 신체부분 조정이 끝났다고 합니다."

"오, 정말입니까. 야아, 위험을 무릅쓰고 회수한 보람이 있었군요. 어쨌든 소체(素體)로서는 금상첨화니까요. 오른

팔을 잃은 것도 실험에는 안성맞춤이었고. 이제 정신 쪽 컨트롤을 하면 됩니까."

"그게 문제인 것 같지만…… 오래 걸리지 않을 겁니다."

"후후후, 그녀는 상황을 더욱 어지럽혀 주겠죠. 투입이 기대됩니다."

기술사는 생글생글 웃었다.

이쪽 패는 갖추어지고 있다. 소디도 블레이즈도 태양교도 패를 내밀기 시작했으니 슬슬 판돈을 정할 때다.

기술사는 힘을 많이 들여도 괜찮겠다고 봤다. 일시적으로 손해를 보게 되더라도 최종적으로 이익을 올리면 된다. 그것이 장사다.

기술사는 회사원이다. 이익을 내는 것이 곧 승리다.

그런 의미에서 그는 자신의 승리를 조금도 의심하지 않았다.

소디의 일본 지배가 70년이나 계속된 이유는 여럿 있다.

그중 하나는 소디 정부가 일본 문화를 빼앗지 않은 것이다.

특히 일본어를 빼앗지 않고 지배자인 소디가 일본어를 공용어로 삼았다. 그들은 쉽게 모국어를 버렸다. 검 이외의 것에 구애되지 않는 소디다운 판단이라 할 수 있다.

그러나——.

"무슨 말을 하는지 도통 모르겠군."

하늘의 문에서 나타난 검사는 쿠로 일행을 앞에 두고 무슨 이야기를 빠르게 떠들었다.

소디아의 말인 것 같지만 무엇 하나 이해할 수 없다. 검사는 몹시 진지한 얼굴이라 흘려듣기도 미안했다.

"대체 어떻게 된 건지."

쿠로는 이마에 손을 짚고 중얼거렸다.

바로 옆에 에이징의 생목이 나뒹굴었다. 게다가 지하에는 아직 태양교의 새 교주와 파워드 슈트들도 있을 것이다.

여기에서 태평하게 있다가는 위험하다. 하지만 이 검사——금발 소녀를 두고 갈 수도 없었다.

"이런 이런……. 어쩔 수 없지, 내가 통역해 주마."

"어라, 할멈. 소디아 말을 아직 기억해?"

"70년 전까지 일상적으로 썼던 말이다. 잊을 리가 없지."

대검성은 그렇게 말하더니 금발 소녀 앞에 서서 무슨 말을 했다.

그에 반응해 금발 소녀가 다시 술술 떠들었다. 대검성이 이따금 참견을 하며 이야기가 진행된다.

"흠…… 이 계집애의 이름은 위니아라는 것 같다."

위니아는 끄덕끄덕 끄덕였다.

"역시 소디아에서 온 것 같구나. 아무래도 봄쯤에 문이 한번 열린 것을 소디아 측에서도 알고 있어 한때 문이 열린 포인트에 몇 명을 배치했다고 하는구나."

"흐음……."

쿠로는 저도 모르게 탄식했다. 그렇게까지 해서 지구로 와야 하는 이유가 소디아 주민에게는 있을까.

금발 소녀——위니아가 또다시 이야기를 시작한다. 이야기를 듣는 새 점점 대검성의 얼굴이 어두워졌다.

아무래도 쿠로는 불길한 예감을 떨칠 수 없었다.

"……소디아는 이미 에이징들에게 거의 멸망당했다. 에이징도 숫자가 상당히 줄었지만 이미 소디아의 소디들은 희망을 잃어갔다. 잃었었다. 몇 달 전 하늘의 문이 잠깐 열리기 전까지는."

마치 직역하듯이 대검성은 담담히 말했다.

실제로 위니아가 얘기하는 대로 말하고 있을 뿐이리라.

소디아는 이미 멸망중이다——본 적 없는 이세계지만 쿠로에게는 그다지 즐거운 이야기는 아니었다.

"요컨대 저쪽 소디들은 이주를 원하는 건가……?"

쿠로는 신음하듯이 중얼거렸다. 설마 멸망 직전의 상황에서 다시 지구를 공격할 기회를 노린다고 생각하기도 어렵다.

"응?"

쿠로는 고개를 갸웃했다. 대검성이 무슨 이야기를 하고 위니아가 놀란 표정을 지었기 때문이다.

위니아는 성큼성큼 쿠로에게 걸어왔다. 한 걸음 나아갈 때마다 엄청난 박력의 볼륨감 있는 가슴이 출렁출렁 흔들렸다. 아무리 봐도 노브라다.

그 지나치게 큰 가슴의 소유주가 쿠로 바로 앞에 선다.

가슴의 둔덕이 쿠로의 몸에 닿을 정도의 거리다.

"어, 어이…… 뭐야?"

"저…… 저는, 위니아……입니다."

서툴기는 하지만 분명한 일본어로 이야기했다.

쿠로는 흠칫 놀라 무심코 몸을 뒤로 젖히고 말았다.

그래도 위니아는 거리를 좁혀온다.

잘 보니 그녀는 귀까지 새빨갰다. 부끄러워하는 것 같지만 어째서인지 도리어 숨이 닿을 정도로 얼굴을 가까이 했다.

"저기 말이야, 너……."

"저는…… **검성** 위니아. 검신에…… 이르는 자……. '효카'를 찾으러 왔습니……다. 당신은 효카의…… 제자, 입니까?"

"무슨 소리를…… 하는 거야……?"

위니아의 말뜻을 쿠로는 한동안 고민했다.

두서없는 말투지만 똑똑히 들렸다.

검성 위니아——대체 어떻게 된 거지?

게다가 효카를 찾으러 왔다는 건——.

아니, 어째서 이세계에서 온 소녀가 효카란 이름을 아는 걸까?

그리고 환영의 효카도 말한 '검신'이란 단어——.

소디아에서 온 이 소녀는 에이징보다 더 폭풍을 일으킬 존재일지도 모른다.

똑바로 쳐다보는 위니아에게 쿠로는 아무런 대답도 하지 못했다——.

후기

안녕하세요. 카가미 유입니다.

전권에 이어 여름방학 이야기입니다. 또 배틀을 잇는 배틀이지만요.

그리고 쿠로의 성희롱에도 조금씩 변화가 나타나고 있습니다. 쿠로는 강함도 성희롱도 성장하고 있어요. 대단한 주인공이죠.

이야기 자체도 여러 변화가 일어나 새로운 드라마가 시작되었습니다. 이제부터 재미있는 전개가 될 테니 응원해주셨으면 합니다!

카구라 타케시 선생님의 만화 1권도 발매되었습니다. 이미지송이 딸린 특장판도 있습니다. 이쪽도 잘 부탁드리겠습니다!

마지막으로 감사 인사를 드려야 하는데 이번에도 한 쪽밖에 없어서 죄송하지만 한번에 드릴게요.

독자 여러분, 이 책의 제작에 관여한 모든 분들께 감사드립니다!

그러면 다음 권에서 다시 만나길 바라겠습니다!

2013년 11월 카가미 유

검신의 계승자 7

2018년 10월 24일 1판 1쇄 인쇄
2018년 11월 1일 1판 1쇄 발행

저 자 카가미 유
일러스트 미케오
옮 긴 이 박시우
발 행 인 유재옥
본 부 장 조병권
편 집 김다솜 김민지 김혜주 이경규 이문영 정영길 조찬희
디 자 인 강혜린 박은정
라이츠담당 박선희 오유진
디 지 털 최민성 박지혜
발 행 처 ㈜소미미디어
제 작 처 코리아피앤피
등 록 제2015-000008호
주 소 서울시 마포구 토정로222, 403호(신수동, 한국출판콘텐츠센터)
판 매 ㈜소미미디어
마 케 팅 한민지 한주원
물 류 허석용 최태욱
전 화 편집부 (070)4164-3962, 3963 기획실 (02)567-3388
판매 및 마케팅 (070)4165-6888, Fax (02)322-7665

ISBN 979-11-6190-665-2 04830
ISBN 979-11-85217-09-3 (세트)